www.tredition.de

AF202925

Sabrina Marquardsen

Gefährliche Rennen

Seidenfeuer Teil 2

www.tredition.de

© 2018 Sabrina Marquardsen

Verlag und Druck: tredition GmbH, Hamburg

ISBN
Paperback: 978-3-7469-2716-9
Hardcover: 978-3-7469-2717-6
e-Book: 978-3-7469-2718-3

Ich wurde 1985 in Flensburg geboren und bin in einem kleinen Vorort Flensburgs aufgewachsen. Ich schreibe sehr gerne, es hilft mir, mich zu entspannen. Außerdem mache ich leidenschaftlich Sport wie ZUMBA, Rad fahren, Joggen gehen, Inliner fahren und Schwimmen. Ich lese auch sehr gerne und ich lasse gerne meiner Fantasie freien Lauf.

Danksagung

Ich bedanke mich bei Sebastian Hahn, Fotograph aus Wanderup, für seine Idee zum Buchcover, das Portrait-Foto und die tolle Zusammenarbeit.

Er ist ebenfalls bei Facebook zu finden: Sebastian Hahn Photography

https://www.facebook.com/shahn.photography/

Facebookseite: Seidenfeuer Spezielle Erotik
Seidenfeuer - Ein Traum Teil 1
Gefährliche Rennen - Seidenfeuer Teil 2

Gefährliche Rennen

Inhaltsangabe

Das Seidenfeuer, welches Shiva Hansen führt, hat an Beliebtheit gewonnen. Es ist fast immer ausgebucht und sie hat mit Julia Hartmanner alle Hände voll zu tun. Doch es kommen auch einige Probleme. Lukas möchte einen guten Freund mit ins Boot holen, um es Shiva leichter zu machen. Doch ob das so eine so gute Idee ist? Dann werden auch noch Frauen entführt und Frauenleichen werden gefunden, woraufhin Tony und Lukas die Ermittlungen aufnehmen. Diese führen zu illegalen Motorradrennen. Werden Tony und Lukas die Täter finden?

Prolog

Sie hatte ungeheure Angst vor ihm. Seit ihr Mann verstorben war, hatte er ihr tagtäglich aufgelauert und nun hatte er sie bekommen. „Bitte nicht!", flehte die Frau, doch der Mann lachte nur. „Doch meine liebe Hannah. Es wird dir gefallen und du wirst das tun, was ich dir sage, verstanden?" Unvermittelt schlug er zu. „Au... Kai, bitte tu mir nichts. Ich habe dir nichts getan!" Kai lachte erneut und knurrte: „Nichts getan? Glaubst du noch an den Weihnachtsmann? Du hast mir das Herz gebrochen." Das stimmte sogar, doch sie hatte es nicht bewusst getan. Kai hatte um sie geworben, ihr Geschenke gemacht, doch Hannah hatte sich für Frank entschieden und kurz darauf war sie mit ihm verheiratet gewesen. Vier glückliche Jahre hatten sie erlebt, doch dann kam das tragische Unglück. Frank war Fensterputzer gewesen und hatte aufgrund dessen, dass er Hochhäuser als Objekte hatte, nicht schlecht verdient. Doch dann stürzte Frank vor einem halben Jahr von einem Hochhaus in der Stadt Schleswig. Es war ein Unfall gewesen, meinte zumindest die Polizei und sie konnten auch nichts Anderes feststellen; doch jetzt glaubte Hannah das nicht mehr. Sie vermutete das Kai dahinter steckte. Er kannte Frank immerhin von der Berufsschule die in Flensburg an der Exe lag. Frank hatte mit Kai zusammen Techniker gelernt und sie waren daher in derselben Klasse gewesen. Hannah war nebenan in der Schule gewesen und hatte eine Gesundheits- und Krankenpflegerin-Ausbildung gemacht.

„Komm mit!", fauchte Kai und zog Hannah hinter sich her. Es war schon später Abend und daher hatte niemand bemerkt, was auf der Straße gerade passiert war. Kai entführte Hannah und sie hatte einfach zu viel Angst, um sich bemerkbar zu machen. Sie wusste von Frank, dass Kai sehr jähzornig war und das kannte sie von ihrem Vater. „Komm jetzt! Ich habe nicht den ganzen Abend Zeit!", knurrte Kai und Hannah folgte so schnell wie sie konnte. Er verschleppte sie in sein Auto und fesselte Hannah zur Sicherheit, damit sie nichts Unüberlegtes tun konnte. Kai fuhr mit ihr irgendwohin. Sie konnte nicht erkennen wohin er sie brachte, da es dunkel draußen war. Kein Wunder, denn es war Neumond und zudem auch noch bewölkt. Endlich hielt der Wagen und Hannah wurde unsanft herausgezogen, doch sie wagte es nicht zu schreien. „Gutes Mädchen du lernst schnell." Meinte Kai süffisant grinsend und zog sie hinter sich her in ein Haus. Dort stieß er Hannah unsanft auf das Sofa und riss ihr die Kleider vom Leib. „Bitte nicht!", flehte Hannah, doch stieß auf taube Ohren. „Schade das du keine Schwester hast. Die würde sich für meine Zwecke auch sehr gut eignen." Er machte seine Hose auf, zog sie aus und drang einfach in Hannah ein. Dabei hielt er ihr den Mund zu. Die Fesseln scheuerten Hannahs Handgelenke auf und sie fühlte nur noch den Schmerz. „Lass es schnell vorbeigehen," dachte Hannah und ihr liefen die Tränen. Nachdem er fertig war, ließ er sie erst mal auf dem Sofa liegen, während er sich frisch machen ging. „Gott sei Dank das er nicht weiß, dass ich doch eine kleine Schwester habe." So dachte Hannah zwar erleichtert und hoffte, dass er es niemals herausfinden würde. „So meine liebe, geh dich waschen und du bist in zehn Minuten wieder hier und wehe wenn nicht. Ach ja fliehen kannst du nicht, die Fenster sind vergittert. Nur zur Sicherheit. Wir wollen ja nicht, dass dir etwas passiert." Kai lachte, schnitt ihr die Fesseln durch und brachte sie ins Bad. „Zehn Minuten, ich stelle die Eieruhr!" Sofort war Hannah im Bad verschwunden und stellte das Wasser an. „So eine verdammte Scheiße. Ich muss weg von hier." Murmelte sie, seifte sich ein und fühlte sich einfach schmutzig. Sie war sogar noch vor der Eieruhr fertig und Kai wartete schon auf sie. Allerdings hatte er nun einige Gäste um sich. Instinktiv wollte sie sich verstecken, was Kai nicht zuließ. „Wage es nicht Hannah." Sie ließ die Decke fallen, die sie ergriffen hatte, weil Kais Ton so drohend war, dass ihr das Herz in die Hose gerutscht wäre, hätte sie eine angehabt. Die Männer starrten sie an, als hätten sie schon lange keine Frau mehr gesehen und gaben abfällige Bemerkungen von sich. „Niedlich die kleine Schlampe."

„Dich werde ich in den Arsch ficken bis du um Gnade schreist." Hannah erbleichte, musste aber feststellen, dass sie nicht alleine war. Mit ihr zusammen waren noch drei Frauen in ihrem Alter und wurden ebenfalls angemacht was das Zeug hielt. Für Hannah begannen nun schreckliche Wochen und sie war froh, dass sie ihr Handy hatte fallen lassen, als Kai sie verschleppt hatte. Nicht auszudenken was er machen, würde sollte er feststellen, dass Hannah eine jüngere Schwester hatte.

....

Marie war außer sich. „Nun geh doch endlich ans Handy!" fauchte sie und wählte zum zehnten Mal die Nummer ihrer Schwester Hannah. „Hannah Mai. Ich bin grade nicht zu erreichen. Hinterlasse eine Nachricht ich rufe zurück." Ertönte es und Marie sagte unwirsch: „Wäre schön, wenn du dich mal melden würdest Schwesterherz. Ich mache mir langsam Sorgen. Marie!" Marie fuhr sich durch ihre blonden kurzen Haare. „Ich bring sie um." Fauchte sie ungehalten und machte ihre Freundin aufmerksam. „Wen?" Wollte sie wissen. „Meine Schwester. Ich bekomme sie schon zwei Wochen nicht zu packen. So langsam mache ich mir Sorgen." Meinte Marie und zog an ihrer Igelfrisur. „Es bringt aber nichts, wenn du dir die Haare ausreißt. Sie wird sich schon melden. Vielleicht hat sie einen Neuen."

„Das glaube ich nicht. Das hätte sie mir sofort erzählt. Seit Frank tot ist, hatte sie noch keine neuen Bekanntschaften." Meinte Marie und wurde gemustert. „Eigenartig. Wenn du dir solche Sorgen machst, fahre doch zu ihr und siehe nach." Marie drückte ihre Freundin an sich und sagte: „Ja das werde ich machen, bis dann." Und weg war Marie mit ihrem Motorrad. Ihre Freundin stand etwas irritiert da und fing dann an zu grinsen.

Als Marie jedoch bei ihrer Schwester ankam, sah sie gleich, dass sie nicht da gewesen war, denn der Postkasten quoll über. Marie ging zur Haustür und klingelte trotzdem. Keine Reaktion. „Die Frau Mai ist schon länger nicht mehr hier gewesen." Marie drehte sich zu der Stimme herum. Eine ältere Dame hatte sie angesprochen. „Wissen Sie, wann Sie Frau Mai das letzte Mal gesehen haben?", wollte Marie freundlich lächelnd wissen und bekam auch Auskunft. „Das muss vor ungefähr zwei oder drei Wochen gewesen sein. Ich glaub sie hat einen Neuen …..wie sagt ihr immer …Lover." Marie lächelte die Dame an und bedankte sich bei ihr. Die Dame ging in ihre Wohnung und Marie machte sich auf den Weg in die Stadt Flensburg. Sie wollte eine Vermisstenanzeige aufsetzen. Sie ahnte ja nicht, dass ihre Schwester Schwierigkeiten hatte.

Kapitel 1

Shiva hatte alle Hände voll zu tun. Ihr Klub Domizil kam sehr gut an und es war fast jedes Wochenende ausgebucht. Es war Donnerstag und da hatte sie von ihrer Arbeit frei und so hing sie mal wieder in dem Büro und wälzte sich durch die Unterlagen für das Finanzamt. Buchhaltung fand Shiva genauso spannend, wie zwei Schnecken beim Poppen zuzusehen. Sie hatte ihre Hände auf der Stirn und stützte sich auf den Tisch ab mit den Ellenbogen. „Immer diese Halsabschneider. Wollen immer nur Geld von einem. Verdammte Aasgeier!"

„Na schimpfst du wieder über das Finanzamt?" lachte Julia die von ihrer Schicht im Einkaufsladen nach Hause gekommen war. „Ja sieht man doch." Knurrte Shiva und rieb sich die Augen. Das Büro war ein kleiner Anbau an das Haupthaus und von beiden Wohnungen zu erreichen, daher konnte Julia auch hereinkommen. „So schlimm?" fragte sie Shiva und Shiva streckte sich erst einmal. „Ach was, nur es interessiert mich kein Stück. Ich schaue dann lieber Haien beim Schlafen zu." Beide Frauen fingen an zu lachen. „Komm ich setze einen Kaffee auf, damit du mal rauskommst." Meinte Julia und Shiva antwortete grinsend: „Ich komme doch raus. Ich fahre zur Arbeit. Das ist doch rauskommen."

„Du blöde Kuh. Du weißt was ich meine." Julia verpasste Shiva eine leichte Kopfnuss, als sie mit Shiva zusammen in ihre Wohnung ging. „Au. Lass das," sagte Shiva und grinste Julia an. Es hatte ja nicht Weh getan und das wusste Julia auch. „Vielleicht sollte ich petzen," meinte Julia und Shiva knurrte amüsiert: „Das machst du nicht." Gerade als Julia antworten wollte, sahen sie beide ein Auto auf den Hof fahren. Aus dem Wagen stieg ein Pärchen aus und Shiva begab sich gleich zu ihrer Wohnung, da sie dort klingeln würden, was auch sogleich geschah. „Guten Tag. Meierhofer mein Name ich hatte von heute bis Sonntag ein

Zimmer reserviert." Sagte der Mann freundlich und Shiva reichte beiden die Hand. „Ja richtig. Shiva Hansen mein Name. Ich bin die Leiterin. Herzlich Willkommen im **Seidenfeuer**. Ich hole die Schlüssel und zeige Ihnen das Zimmer." Das Pärchen betrat den Eingangsbereich von Shivas Wohnung und warteten bis Shiva mit den Schlüsseln zurückkam. „Bitte folgen Sie mir." Shiva fiel auf das die Frau von Herrn Meierhofer noch nichts gesagt hatte, sondern hatte nur freundlich gelächelt. Sie folgten ihr zum Zimmer drei und Shiva öffnete ihnen die Tür. „Vielen Dank." Sagte nun endlich die Frau, doch das hätte sie wohl lieber nicht getan, denn ihr Mann sah sie an als wolle er sie gleich auffressen. „Ja vielen Dank Shiva. Nennen Sie mich doch bitte Max und das ist Maybrit meine Frau." Das letzte Wort hat er förmlich geknurrt und Shiva konnte sich denken das dieser Mann gefährlich war. „Nun gut Max, Maybrit. Ich wünsche einen schönen, erholsamen und spielreichen Aufenthalt. Informationen was das Frühstück und Mittagsessen angeht, findet ihr auf dem Tisch im Wohnbereich." Max nickte freundlich, fasste seine Frau in den Nacken und schob sie schon fast grob in das Zimmer. Shiva sah ihnen noch nach, bis die Tür zuging. Nachdenklich ging sie in ihre Wohnung, um dann durch das Büro zu Julia zu kommen.

„Was ist los Shiva? Du siehst nachdenklich aus," hackte Julia besorgt nach und Shiva erzählte von den neuen Gästen. „Ich denke wir sollten Tony und Lukas davon berichten." Meinte Julia und Shiva antwortete: „Das sollten wir. Ich werde mich mit Lukas beraten, ob ich die Kameras einschalten soll."

„Ganz ehrlich Shiva mache das. Es wäre schlimm, wenn jemanden Gewalt angetan wird und wir nichts tun, obwohl wir Regeln aufgestellt haben." Julia klang entschlossen, aber Shiva hatte auch ein paar Bedenken und diese äußerte sie auch: „Aber was ist, wenn ich mich getäuscht habe? Ich will nicht doof dastehen und Schwierigkeiten bekommen, nur weil ich zu unsicher bin. Es ist immerhin ein Eingriff in die Privatsphäre eines anderen." Da musste Julia ihr natürlich zustimmen. Es war ein Eingriff in eine

Privatsphäre und sie konnte verstehen, dass Shiva sich absichern wollte. Die beiden Frauen genossen den Kaffee und unterhielten sich noch eine ganze Weile, bis Shiva dann sagte: „So ich muss wieder an den Schreibtisch und die Aasgeierhäppchen fertigmachen." Julia prustete los und winkte zum Abschied. Shiva ging grinsend in das Büro zurück und setzte sich gelangweilt an den Tisch.

Mit einem „Rums" haute sie mit dem Kopf auf den Tisch. Shiva war eingeschlafen und ihr Kopf rutschte von der Hand, auf der sie sich abgestützt hatte. „Aua!", fauchte sie und wer musste es mitbekommen? Lukas. Er stand in der Tür und fragte: „Ist dir was passiert?"

„Nein. Nur der Tisch ist mal wieder zu hart gewesen für meinen Kopf." Nun fing Lukas an zu lachen. „Wie sagt man so schön Holzkopf auf Holz." Shiva sah ihn an, als wolle sie ihn mit dem Blick erdolchen. „Oh Kleines, diesen Blick würde ich an deiner Stelle sofort aus deinem Gesicht verbannen." Lukas´ Worte lösten dieses herrlich schöne Gefühl in ihr aus und sie würde am liebsten ihn weiter reizen, doch erst musste sie die Sache mit den Gästen mit ihm besprechen. „Lukas dafür habe ich jetzt gar keine Zeit. Ich muss mit dir etwas bereden." Sagte Shiva und merkte dieses tückische Ziehen im Unterleib. „Was möchtest du mit mir bereden?" Lukas horchte auf, denn Shiva klang besorgt. „Wir haben ein neues Pärchen hier. Zimmer drei und ich glaube das Herr Max Meierhofer gefährlich ist. Seine Frau hatte erst nichts gesagt, aber als ich ihnen das Zimmer zeigte bedankte sie sich und ihr Mann sah sie an als wolle er sie lynchen. Aber vielleicht täusche ich mich ja auch." Erklärte Shiva und Lukas sah sie besorgt an. „Shiva ich vertraue auf dein Urteilsvermögen und ich kann deine Bedenken verstehen. Ich werde mir mit Tony zusammen ein Bild machen von Max und seiner Frau."

„Danke Lukas." Shiva umarmte ihn und Lukas hielt sie einfach nur fest an sich gedrückt. „Bist du noch immer mit den Unterlagen vom Finanzamt beschäftigt?" fragte dann Lukas und Shiva meinte säuerlich: „Was denn sonst. Diese miesen Kakerlaken wollen immer nur Geld, aber wehe, wenn sie was zurückgeben sollen..." Lukas grinste sie an und gab ihr einen ordentlichen Klaps auf den Po, als sie sich zum Schreibtisch begab. Sie funkelte ihn an und er wusste das Spiel war eröffnet. „Du sollst diesen Blick verbannen," sagte Lukas lustvoll und war mit nur vier Schritten am Schreibtisch, wo sich Shiva gerade hinsetzen wollte. Nun war nur der Tisch zwischen ihnen und Shiva grinste ihn frech an. „Du kriegst mich nicht, du Streifenhörnchen."

„Das werden wir sehen Kleines." Seine Stimme hörte sich dunkel an und dann ging auch schon die Jagd um den Tisch los. Lukas fluchte innerlich, dass er so ein langes Ding gekauft hatte, als er hinter der lachenden Shiva her war. „Ich würde stehen bleiben, um deine Strafe zu mildern!" keuchte er schon fast und Shiva konnte nicht anders als ihn auszulachen. „Wachtmeister Schneider, Sie machen eindeutig zu wenig Sport!" Das hatte gesessen, denn Lukas schnaufte nun: „Du kleines Monster, wenn ich dich habe, dann...." Er sprach nicht weiter, denn er bekam Shiva zu fassen, umklammerte sie und sie quiekte auf, als er sie auf den Schreibtisch drückte mit seinem Oberkörper. „So Kleines, du bist fällig." Knurrte Lukas etwas außer Atem und Shiva wand sich unter seinem Gewicht, doch konnte sich nicht befreien. „Lass das gefälligst!", knurrte Shiva, doch Lukas zeigte sich unbeeindruckt. Er griff über den Tisch und zog an einer Schlaufe, die Shiva vorher nicht aufgefallen war. Ehe sie sich versah, hatte Lukas ihre Handgelenke fixiert. Jetzt lag sie über den Tisch gebeugt, konnte sich nicht mehr wehren und sie konnte die Manschetten nicht aufmachen, da man dazu einen Schlüssel benötigte. „Du mieser Bulle!" fauchte Shiva ungehalten und erntete auch gleich dafür einen saftigen Hieb auf ihre noch bedeckte Kehrseite. Shiva funkelte ihn an, Lukas fasste unter ihren Bauch und öffnete den Knopf ihrer Hose. „Lukas bitte nicht.... bin lieb," jammerte sie und sah ihn flehentlich über die Schulter an. „Du glaubst doch nicht das ich dich davonkommen lasse? Vor allem nicht da du mal wieder zu frech bist und ich dich auch etwas vernachlässigt habe." Seine Stimme war ruhig und belegt vor Lust. Ganz langsam fasste er in den Bund ihrer Jeans und zog sie mit String Tanga genau so langsam über ihren Po in die Kniekehlen. Shiva bekam eine Gänsehaut und Lukas lachte leise. „Sieh einer an. Du bist erregt." Lukas beugte sich zu Shivas Ohr und flüsterte, während er seinen Finger in sie schob: „Ich liebe es, wenn du dich mir hingibst."

„Ahh, Master bitte....." flehte Shiva, als er einen zweiten Finger dazu schob. Lukas Grinsen war sadistisch. „Nein, erst bestrafe ich dich Kleines. Deine Backen werden jetzt sehr viel Aufmerksamkeit bekommen." Mit diesen Worten, knabberte er ihr kurz am Ohr, schob noch einmal die Finger tief in sie und richtete sich dann auf. Shiva gab ein frustriertes Geräusch von sich, als er seine Finger aus ihr nahm. „Ich bin gleich zurück." Sagte Lukas und verschwand kurz im Badezimmer. Shiva sah ihm fassungslos hinter her und rief noch: „Das ist gemein du Eierkopf!"

Oh je. Der Blick war alles andere als freundlich, als Lukas zurück ins das Büro kam. Er schlich förmlich auf sie zu und zog dabei seelenruhig seinen Gürtel aus der Hose. Das Geräusch verfehlte nicht seine Wirkung. Durch Shiva jagte ein Schauer und Lukas grinste sadistisch, blieb vor ihr stehen und sah ihr tief in die braunen Augen. Sie versank fast in seinen grünen und wollte den Blick senken, doch das ließ er nicht zu. „Eierkopf?" knurrte er belustigt und küsste sie sanft. „Es tut mir leid Master." Ihre Stimme war kaum mehr als ein Flüstern und er grinste sie an als er antwortete: „Das wird es gleich auf jeden Fall." Er streichelte ihre Wange und sie sog die Zuwendung förmlich auf, dann stand er neben ihr und fuhr noch einmal mit der Hand zwischen ihre Beine. Grinsend zog er sie zurück und holte aus, dosierte den Schlag, sodass sie sich auf den Schmerz einstellen konnte. „Ahh! Master bitte..!" Er griff in ihr schulterlanges Haar, zog ihren Kopf sanft in den Nacken und erneut küsste der Gürtel ihre Backen. Ihre Füße konnte sie kaum noch stillhalten, während er ihr den Hintern

versohlte mit dem Gürtel. Immer wieder leckte das Leder über ihre prallen Backen und Shiva fühlte nur noch, weinte und genoss die Zuwendung von Master Lukas, die er ihr zwei Wochen lang vorenthalten hatte. Der Arsch von Shiva war dunkelrot und hatte einen Hauch von Blau. Lukas hörte auf, streichelte Shivas geschundene Kehrseite und beugte sich zu ihr. „Du warst sehr tapfer Kleines. Ich liebe dich." Sie lag erschöpft auf dem Tisch, doch sie spürte selbst wie nass sie war. Es lief aus ihr heraus, was ihr etwas unangenehm war und Lukas nutze es aus. Langsam schob er einen Finger in sie und Shiva stöhnte lustvoll auf. Das Geräusch fuhr ihm direkt in den kleinen Lukas, der schon drohte die Hose zu sprengen. Er küsste ihren Rücken, den er freigelegt hatte und arbeitete sich küssend zu ihrem Po. Shiva keuchte auf, als Lukas zwischen ihren Schenkeln angelangt war. Leicht pustete er gegen ihre Lustperle die geschwollen war und zupfte mit den Fingern an den geschwollenen Schamlippen. „Ach du gutgütiger!", keuchte Shiva und zog an den Fesseln die sie am Tisch hielten. Lukas grinste und begann erst leicht, dann kräftig an den Schamlippen zu saugen und zu lecken. Er erreichte ihre Perle und leckte sie hart und Shiva konnte es nicht vermeiden das sie kam. „Meine kleine Sub," gurrte Lukas und fuhr mit der Stimulation fort. Für Shiva war es schon fast schmerzhaft, als er noch kräftiger saugte, aber der Schmerz ließ sie wieder aufschaukeln. „Ich nehme dich jetzt und du wirst mir noch einen Orgasmus schenken, Kleines."
„Ja Master. Ich liebe dich," keuchte Shiva, als Lukas vorsichtig in sie eindrang und sie ausfüllte. Mit rhythmischen Bewegungen, schaukelte Lukas sie beide bis kurz vor dem Höhepunkt und begann Shiva zusätzlich mit den Fingern zu stimulieren, indem er ihre Lustperle bis aufs Äußerste reizte. Sie wurden beide fortgerissen von dem Orgasmus und Lukas sackte erschöpft, aber glücklich auf Shivas Rücken und küsste ihren Nacken. Ein paar Minuten blieben so auf dem Tisch und Shiva war ausgelaugt, erschöpft von der Intensität und schloss ihre Augen. Behutsam öffnete er die Manschetten, doch Shiva blieb auf dem Tisch liegen.

Als er sie ansah musste er schmunzeln, denn Shiva war nach der Anstrengung die er von ihr abverlangt hatte eingeschlafen.

„Na ist die Kleine so erschöpft von deiner Leistung." Tony steckte grinsend den Kopf durch die Bürotür. „Ja ist sie. Ich bringe sie eben ins Bett und dann reden wir." Lukas grinste, hob Shiva hoch und verschwand mit ihr aus dem Büro. Tony wartete so lange und kurz darauf war Lukas zurück. Sie wollten sich beratschlagen, wie sie mit dem Pärchen Meierhofer umgehen wollten, ohne das am Ende jemand zu Schaden kam.

Kapitel 2

Am nächsten Morgen wachte Shiva um zehn Uhr auf. „Ach du Scheiße!" fluchte sie und sprang aus dem Bett. Das war ihr schon lange nicht mehr passiert, dass sie verschlafen hatte. In Windeseile hatte sie sich frisch gemacht und angezogen. Kurz darauf stürmte sie rüber zum kleinen Saal und sah, dass alles aufgebaut war. „Guten Morgen Kleines. Hast du gut geschlafen?" fragte Lukas grinsend und schenkte eine Tasse Kaffee ein. „Ich....ich....verdammt ich habe verschlafen und du???? Ähm was machst du hier?" fragte Shiva verwirrt und nahm die Tasse Kaffee entgegen. „Ich habe mit Tony besprochen wie wir vorgehen was das Pärchen Meierhofer angeht." Flüsterte er, denn Maybrit betrat den kleinen Saal. „Ähm guten Morgen. Ich möchte Kaffee und Frühstück holen." Sagte sie und vermied den Blickkontakt. „Tut mir leid, aber das wird ausschließlich hier serviert." Antwortete Lukas, bevor Shiva Gelegenheit hatte. „Bitte ihr versteht nicht....gebt mir die Sachen, bitte," flehte Maybrit. Shiva sah Lukas an und dieser zog Maybrit zur Seite und meinte: „Bitte sieh mich an." Sie tat es nur zögerlich und entblößte ihr blaues Auge, eine aufgeplatzte Lippe und einen schwarzen Unterkiefer. „Bitte helft mir!" flehte sie und in dem Moment kam Max herein. „Wo bleibt...?!" schrie er, doch Shiva stellte sich ihm in den Weg. „Haben Sie die Regeln nicht gelesen Max?" fragte Shiva höflich und Maybrit versteckte sich instinktiv hinter Lukas. „Was bildest du dir ein Sub?!" Knurrte Max und baute sich vor Shiva auf. „Das ich hier das Sagen habe und Sie Max haben hier nichts zu melden!" knurrte Shiva und stand etwas verloren vor dem fast zwei Meter hohen Max Meierhofer. Grinsend schaute er auf sie herab, holte aus und wollte zuschlagen, doch Tony, der hinter ihm aufgetaucht war, packte seinen Arm. „Das würde ich nicht wagen an Ihrer Stelle." Kommentierte Tony ruhig und Max drehte sich um, ballte die andere Hand zur Faust und schlug ins Leere, da

Tony ausgewichen war und ihn nun schmerzhaft den Arm auf den Rücken drehte. „Argh!", kam von Max und Tony nickte Shiva zu. Sie zögerte nicht eine Sekunde und rief die Polizei an. „Hansen hier.....einer meiner Gäste wurde handgreiflich......ja genau.....würden Sie wohl bitte vorbei kommen und den Herrn abholen?....Ja danke bis gleich." Shiva legte auf und Tony der dem Mann Handschellen angelegt hatte, meinte leise und grinsend: „Na Kleine, ausgeschlafen?!" Prompt wurde Shiva rot wie eine Tomate. „Ihr seid gemein," murmelte sie und Tony setzte den Mann auf einen Stuhl. „Ich mache euch fertig! Und DU!", schrie er seine Frau an. „Du bist tot!" Maybrit hatte wahnsinnige Angst und verkroch sich hinter Lukas. Shiva sah es natürlich und meinte daher: „Eine sehr schöne Drohung Herr Meierhofer. Sie werden auf jeden Fall einfahren." Er sah Shiva hasserfüllt an und schnaufte nur. Erst jetzt bemerkte er die Kameras die an der Wand hingen. Sie waren soweit getarnt, dass sie nicht auf den ersten Blick auffielen. Max wurde blass und versuchte sich heraus zu reden: „Das war doch nur daher gesagt.......es war nicht mein Ernst!"

„Sparen Sie sich das Herr Meierhofer, denn auch wir haben diese Drohung gehört und kommen Sie gar nicht erst auf den Gedanken uns bestechen zu wollen" gab Lukas von sich und Tony baute sich hinter Max auf, nickte kaum merklich Shiva zu und sie schaltete die Kameras ab. Dann ging alles ganz schnell. Max wurde geknebelt und über den Bock geschnallt. Er schnaufte entsetzlich vor Wut und Lukas begab sich mit Maybrit nach draußen um auf die Polizei zu warten. Tony riss Max die Hosen herunter ohne vorsichtig dabei zu sein. Shiva stand daneben und musterte Max, der schnaufte wie eine Dampflok. Tony hingegen begab sich zu der Kommode, die in der hinteren Ecke stand und kehrte mit einem stabilen Latexrohrstock zurück. Entsetzt sah Max ihn an, schüttelte wie wild den Kopf doch Tony nickte nur. „Sie haben die Regen gelesen, also wissen Sie was passiert bei nicht Einhaltung der Regeln und Sie haben dafür unterschrieben." Meinte Shiva und sah ihm eindringlich in die Augen. Max Meierhofer glaubte seinen

Ohren nicht zu trauen. Die Kleine meinte es wirklich ernst und das stellte er jetzt fest. „Tony gehst du bitte nach draußen und wartest dort auf mich." Bat Shiva und Tony antwortete grinsend: „Aber sicher Shiva. Viel Vergnügen." Nun war Shiva mit dem Mann alleine und er schaute sie flehentlich an. „Wissen Sie Max.....ich hasse Leute die BDSM oder dergleichen mit Gewalt gleichsetzen......man schlägt niemanden ins Gesicht und schon gar nicht die eigene Frau....aber das werden Sie hoffentlich nie wieder machen, sollten Sie aus dem Gefängnis kommen." Shiva trat an ihn heran und er versuchte instinktiv sich weg zu drehen was ihm ja nicht gelang, da Tony sehr gründlich gewesen war, was das fixieren anging. Es zischte und dann folgte der satte Knall des Rohrstocks auf dem freien Arsch von Max Meierhofer. Er riss den Kopf hoch und schnaubte vor Schmerzen und da wo Shiva getroffen hatte, zeichnete sich ein roter Striemen ab. Immer wieder schlug Shiva unerbittlich ihm den Rohrstock auf den Arsch. Die Schwielen waren deutlich zu sehen und sie wusste gar nicht, dass sie so hart sein konnte. Am Ende war der Arsch dunkelrot und blau. Max hing erschöpft über dem Bock. Shiva ging zur Tür und rief nach Tony, der sofort kam, während die Beamten noch mit der Aussage von Maybrit beschäftigt waren. „Gute Arbeit Shiva," lobte Tony sie lächelnd und band Max los, zog ihm unwirsch die Hose hoch und meinte: „Hat sich gut angefühlt geschlagen zu werden ohne Rücksicht auf Verluste oder?" Max senkte den Kopf und wurde abgeführt.

Shiva begab sich ins Büro und musste nachdenken. Sie konnte es kaum glauben, dass sie es gerade getan hatte. Sie hatte jemanden bestraft wegen der Missachtung der Regeln und wohl war ihr nicht gewesen. Doch es war irgendwie auch berauschend, da sie ihre ganze Wut auf diesen Mann in die Hiebe gelegt hatte, der seine Frau misshandelt hatte, oder war es nicht die Wut gewesen? Ihre Gedanken überschlugen sich und sie hörte noch nicht einmal das Tony und Lukas ins Büro kamen. „Shiva geht es dir gut?" fragte

Tony und Lukas berührte sie an der Schulter, da sie keine Reaktion zeigte. Erschrocken schlug sie ihm die Hand weg. „Langsam Kleines. Ich tue dir schon nichts," sagte Lukas und sie sah ihn entschuldigend an. „Ist alles okay mit dir?", fragte Tony erneut, doch Shiva schüttelte langsam unbewusst den Kopf. Lukas und Tony sahen sich an. „Wie geht es Maybrit?", fragte Shiva um das Thema zu wechseln und Tony antwortete: „Es geht ihr gut soweit. Sie ist allerdings nicht die Frau von Max, sondern Maybrit Jansen wurde von ihm bei einem Motorrad Rennen gewonnen." Shiva sah ihn entsetzt an. „Sie kann nur nicht sagen wo es stattgefunden hat, geschweige denn, wo die anderen jungen Frauen festgehalten werden." Sagte Lukas und Shiva meinte nachdenklich: „Also gibt es noch mehr Frauen, die in der Gewalt von irgendwelchen Psychopathen sind und einfach vergeben werden? Das ist ja schrecklich und ich dachte so was gibt es nur in schlechten Filmen."

„Nein, leider nicht. Die Hamburger und auch die Berliner Kollegen haben diese Fälle auch und es scheint, dass der oder die Leute weiterziehen bevor sie erwischt werden," klärte Tony sie auf und Shiva war sichtlich davon betroffen, dass so etwas überhaupt möglich war. Völlig in Gedanken über die Information bekam sie gar nicht mit, dass Tony nun direkt vor dem Schreibtisch stand und Lukas direkt hinter ihr. Erst als Tony mit den Handflächen auf den Tisch schlug und sie dort ließ, hatte Shiva seine volle Aufmerksamkeit, da sie sich erschrocken hatte. „Hey! Lass den Tisch heile," knurrte sie und Lukas fasste ihr in den Nacken, zwar nicht fest aber nachdrücklich. Shiva wurde steif wie ein Brett. „Wir lieben das Frage- und Antwortspiel also......" fing Lukas grinsend an und Tony beendete den Satz: „Was geht in deinem Kopf vor?" Shiva hasste sie beide abgrundtief, da sie wusste, dass sie die Informationen bekommen würden, die sie haben wollten. „Vieles geht darin vor und nicht alles geht euch etwas an." Sofort nach der Bemerkung presste sie die Lippen aufeinander und könnte sich Ohrfeigen. „Wir wollen ja auch nicht alles wissen, sondern nur das was dir gerade durch den Kopf geht was Max Meierhofer betrifft." Meinte Tony und streichelte Shiva sanft die Wange, während Lukas den Druck im Nacken etwas erhöhte. „Ich ….weiß nicht…..mir ist nicht….wohl gewesen dabei und doch hat es mich berauscht wie eine Droge. Ich dachte ich könnte nicht aufhören" gestand sie und wusste nicht was die beiden dachten. Ob sie Shiva nun abartig fanden? „Shiva das brauchst du gar nicht zu denken." Tony hatte geantwortet und Shiva war es sichtlich unangenehm, dass die beiden Männer sie lesen konnten wie einen Top Secret Code, den sie selbst nicht entschlüsseln konnte. „Erzähl uns was genau passiert ist Kleines." Lukas´ Stimme umschmeichelte sie wie Schokolade, er ließ den Griff locker und Shiva sagte, als sie sich gegen Lukas schmiegte: „Ich hatte Wut im Bauch und schlug zu, doch es war nicht die Wut auf ihn. Ich habe daran gedacht was mein Chef mit mir gemacht hat in der Ausbildung." Tony hielt ihre Hand und Lukas kraulte ihr den Nacken, als er losgelassen hatte. „Er hat mich gemobbt. Die drei Jahre waren die Hölle auf Erden. Ich habe Ihn gesehen und nicht Max. Oh Gott ich wollte ihn erst blutig schlagen." Vollkommen entsetzt über ihre eigenen Worte brach Shiva in Tränen aus und drückte Tonys Hand, dass es ihn schon schmerzte. „Bitte nicht die Finger brechen. Ich brauche sie noch," meinte Tony und schaute sie liebevoll, aber auch belustigt an. „Deswegen bist du noch lange kein schlechter Mensch Shiva. Jeder hat etwas, was ihm zu schaffen macht, aber du hattest dich unter Kontrolle, das kann nicht jeder."

„Außer Master wie ihr!", schnaufte Shiva und sie grinsten sie an. „Ja das stimmt auch wieder." Sagte Lukas lachend und Tony fügte hinzu: „Aber wir sind auch nicht ohne Fehler." Shiva fing an zu lächeln, sie waren halt alle nur Menschen. „Lasst ihr mich noch ein bisschen allein bitte?" Lukas und Tony sahen sich kurz an, dann Shiva und nickten, jedoch nur widerwillig. Endlich war sie alleine. Doch irgendwann klopfte es an der Tür. „Ja herein!" Lukas trat durch die Tür und mit ihm auch Maybrit. Shiva drehte sich zu ihnen um. „Danke Frau Hansen," sagte sie erleichtert und Shiva meinte: „Nenne mich bitte Shiva." Maybrit lächelte verlegen und fragte vorsichtig: „Da ich momentan nicht nach Hause kann, wäre es möglich hier zu bleiben?" Shiva sah sie überrascht an. „Nun ja man hat mich verschleppt, gequält und misshandelt und mir gedroht, dass man mich tötet, wenn ich nach Hause flüchten sollte oder gar jemanden etwas davon erzähle," erklärte Maybrit und wartete gebannt auf Shivas Antwort. „Ich werde dich nicht verstoßen, aber auf die Dauer geht das natürlich nicht. Aber für die Zeit die du hier verbringst, wäre es sehr hilfreich, wenn du uns auch ein bisschen zur Hand gehst." Shiva lächelte sie an und Maybrit fiel ihr um den Hals. „Danke Shiva. Wenn du möchtest werde ich mich für die Zeit um das Mittagessen kümmern." Shiva strahlte und auch Lukas, denn das wäre für Shiva und Julia eine große Hilfe. „Dann werden wir das so machen. Natürlich wohnst du so lange kostenlos hier und dann werden wir hoffentlich eine gemeinsame Lösung für das Problem finden." Sagte Shiva und lächelte sie freundlich an. „Ich danke dir Shiva." Dann fiel Maybrit Lukas um den Hals und begab sich dann zurück ins Zimmer drei. „Das ist eine sehr herzensgute Geste von dir Kleines. Ich liebe dich und glaube mir, wir versuchen alles, damit sie wieder ohne Angst nach Hause kann." Shiva nickte Lukas zu und sah auf die Uhr. „Ich weiß Schatz. Ich muss leider los zur Arbeit. Wir sehen uns heute Abend." Lukas gab ihr einen leidenschaftlichen Kuss und begleitete Shiva noch zu ihrem Auto. Tony stand vor dem „kleinen Saal", wartete auf Maybrit und winkte Shiva zum Abschied. Shiva hob den Arm und fuhr dann davon. Sie konnte es kaum glauben, dass diese ganze Aktion mit Meierhofer fast zweieinhalb Stunden gedauert hatte und sie hatte das Gefühl das Tony seine Kollegen so angeleitet hatte, dass sie sich etwas Zeit lassen sollten.

Kapitel 3

Als Shiva auf dem Weg zur Arbeit war, sausten urplötzlich drei Motorradfahrer an ihr vorbei, die sie nicht hatte kommen sehen. Sie erschrak und machte einen Schlenker, der gleich mit einem wilden Hupen beantwortet wurde und sie rauschte in die Leitplanke bei Harrislee. Sofort stellte sie Warnblinklicht an und der Fahrer, der gehupt hatte, blieb ein paar Meter vor ihr mit Warnblicklicht stehen, als er sie überholt hatte. Er stieg aus und eilte zu Shiva, die wie erstarrt das Lenkrad umklammerte. Es war zum Glück nicht viel los und der Mann klopfte an ihre Scheibe. Abwesend kurbelte sie das Fenster runter. „Geht es Ihnen gut?", fragte er und Shiva nickte nur. Dann rauschte ein Auto vorbei und dahinter kam ein Polizei-Wagen, der dann hinter Shiva stehen blieb, anstatt das Auto weiter zu verfolgen und sicherten sie ab. Na super, das hatte Shiva noch gefehlt. Die Polizisten stiegen aus und löcherten sie gleich mit Fragen. „Was ist passiert?"
„Warum stehen Sie hier?"
„Ist jemanden etwas passiert?"
„Leute! Lasst die Frau doch erst mal zu sich kommen." Bat der Mann freundlich, der wohl als einziger mitbekommen hatte, dass Shiva gar nicht ansprechbar war. Shiva umklammerte noch immer das Lenkrad und sie merkte noch nicht einmal das ihr Tränen die Wange herunterliefen. So langsam kam sie zu sich. „Ist....jemanden etwas passiert?" fragte sie stammelnd, doch sie starrte nur geradeaus und einer der Polizisten antwortete ihr: „Nein, es ist niemand verletzt, aber was ist mit Ihnen?"
„Mir geht's gut, denke ich," sagte Shiva und löste die Hände vom Lenker. „Steigen Sie bitte aus," bat der Polizist und Shiva kam der Anweisung nach. Wohl war ihr nicht, da sie auf der B 200 waren und es keinen Standstreifen gab. „Fahrzeugpapiere und Führerschein bitte." Verlangte der blonde Polizist und Shiva

reichte ihm alles. „Wir sollten einen Alkoholtest machen," meinte der rothaarige Polizist und Shiva sagte: „Rufen Sie bitte Tony Keller an. Er weiß was zu tun ist." Der Polizist sah Shiva an und meinte: „Keller?...Okay ich werde ihn anrufen." Kurz darauf griff er zum Funkgerät und gab es der Zentrale durch, dass Tony Keller sich melden sollte.

Während sie auf den Rückruf warteten, besahen sich die Polizisten die Autos und der Mann blieb bei Shiva stehen. „Sind Sie sicher, dass es Ihnen gut geht?" fragte er leise und Shiva meinte: „Ja mir geht es gut." Kurz darauf kam der andere Polizist wieder und sagte: „Es ist nur Ihr Fahrzeug beschädigt Frau Hansen." Shiva nickte und sein Kollege kam mit dem Alkoholtestgerät. Gerade als Shiva hinein pusten sollte, hielt noch ein Fahrzeug in einem großen Abstand an. Es war Tonys Geländewagen. „Ah guten Tag Tony. Die Dame hier hatte uns gebeten dich zu informieren." Tony gab den Männern die Hand, beobachtete Shiva, die an der Leitplanke stand und die Arme vor dem Körper geschlungen hatte, als er antwortete: „Vielen Dank, dass ihr mir Bescheid gesagt habt. Sie ist meine Nachbarin und Vermieterin." Den Kollegen klappte die Kinnlade herunter, doch der Rothaarige fing sich und meinte freundlich: „Wir wollten gerade einen Alkoholtest machen."

„Das wird nicht nötig sein. Shiva Hansen hat nichts zu sich genommen. Und im Auto werdet ihr auch nichts finden. Wir haben gerade erst zusammen Mittag gegessen." Die Kollegen sahen sich an. „Das mag sein Tony, aber es sind nun mal die Vorschriften." Tony nickte und begleitete seine Kollegen zu Shiva. „Bitte einmal hier hinein pusten," bat der blonde Polizist und Shiva sah ihn etwas sparsam an, kam aber der Anweisung nach. „Null Promille" sagte er dann und Shiva wollte schon etwas sagen, doch Tonys Blick ließ sie verstummen, ehe die Worte heraus konnten. Der rothaarige Polizist sprach währenddessen mit dem Mann. „Ja drei Motorradfahrer. Sie hatten bestimmt so um die 200 Sachen drauf."

„Und deswegen ist Ihnen Frau Hansen im wahrsten Sinne des

Wortes in die Quere gekommen?" hackte er nach und der Mann antwortete: „Richtig. Ich kann es verstehen, ich habe mich auch erschrocken, als sie an uns vorbei sind."

„Nun gut vielen Dank. Sie können weiterfahren." Meinte dann der Polizist und der Mann nickte, stieg ein und fuhr langsam davon. Shiva stand etwas verloren zwischen nun drei Polizisten und wurde ebenfalls befragt. „Es waren drei Fahrer. Sie hatten jeweils eine Lederjacke mit dem Aufdruck „The Pain" an" erzählte Shiva und starrte vor sich hin. „Ich werde es gleich weitergeben Tony," meinte der blonde Mann und Tony sagte: „Prima. Ihr könnt dann zurück, ich regle hier den Rest."

„Wie du willst Tony. Bis später!", verabschiedeten sie sich, stiegen in ihr Fahrzeug und fuhren davon. „Fahre zum Parkplatz bei Wassersleben ich komme nach," meinte Tony nachdenklich und Shiva stieg in ihren Wagen ohne zu Meckern. Kurz darauf fuhr sie langsam los und ungefähr fünf Minuten später stand sie auf dem Parkplatz. Tony rollte neben sie und stieg aus. „Geht's dir gut Kleine?" fragte Tony besorgt und Shiva antwortete: „Mir geht's gut. Ist irgendwie nicht mein Tag heute. Erst die Sache mit Maybrit und Max und jetzt der Unfall. Na ja fast Unfall." Tony konnte sie nur zu gut verstehen, so etwas zerrt an den Nerven. „Du hast Glück gehabt Kleine. Dein Auto hat nur eine ordentliche Schramme abbekommen."

„Das ist nicht so wild. Ein Auto kann man ersetzen, ein Menschenleben nicht." Shiva wurde bewusst, dass es wirklich Glück war, dass niemand zu Schaden gekommen war und da brach der Damm. Shiva weinte und Tony nahm sie in den Arm um sie zu beruhigen. Sie wusste nicht wie lange sie so da standen, aber es tat Shiva einfach nur gut. „Danke Tony. Wir sehen uns dann heute Abend" sagte sie und löste sich von Tony. „Alles klar Kleine und fahre bitte vorsichtig." Shiva nickte und begab sich auf den Weg zur Arbeit. Tony war erleichtert, dass ihr nichts passiert war und er informierte Lukas, der ja im **Seidenfeuer** geblieben war, um die Stellung zu halten. Sichtlich erleichtert legte Lukas dann auf und freute sich umso mehr seine kleine Sub in den Armen zu halten. Wie konnte man so ein Talent haben das Unglück magisch anzuziehen?

„Shiva!" wurde sie gerufen und sie drehte sich um. Oh je, Hanne die Chefin der Sozialstation eilte auf sie zu. Der Gesichtsausdruck war nicht begeistert. „Ja Hanne," antwortete Shiva auf Dänisch und Hanne fragte: „Hast du mal eine Minute? Und bitte bringe Eimer und Mop mit." Shiva sah sie verwirrt an, holte die Sachen und folgte Hanne schnellen Schrittes in den Keller. „Ach du liebe Zeit!" entfuhr es Shiva und sie standen in einer großen Pfütze. Kein Wunder das Hanne sauer war, irgendjemand hatte vergessen den Wasserhahn an der Wand zu schließen. „Bist du so nett und machst das bitte weg?" fragte Hanne und Shiva antwortete nickend: „Kein Problem mache ich."
„Vielen Dank." Mit den Worten war Hanne dann auch schon wieder verschwunden. Shiva seufzte und begann damit die Pfütze zu beseitigen. In einer dreiviertel Stunde war das erledigt und dann machte sich Shiva an die reguläre Arbeit. Irgendwann, Shiva hatte nicht auf die Uhr gesehen, da kam Hanne zu ihr. „Vielen Dank Shiva." Hanne reichte ihr eine Tafel mit Vollmilchschokolade und Shiva sah sie an. „Da ist doch nicht nötig Hanne. Das kann ich doch nicht annehmen." Verlegen kratzte sich Shiva am Kopf. „Nun nimm sie an, du hast sie dir verdient. So fleißig wie du bist, musst du doch mal belohnt werden." Shiva wurde rot und nahm die Tafel Schokolade an. „Danke Hanne." Lächelnd verschwand die Chefin der Sozialstation und kurz darauf, als Shiva ihre Sachen wegräumte, klingelte ihr Handy. „Ja Shiva hier."
„Hey Shiva. Lara hier. Kannst du Vertretung machen heute?", Shivas Laune ging eine Stufe in den Keller. „Was soll ich machen und für wen?" fragte Shiva freundlich, obwohl sie gerade echt angepisst war. „Für Kati und es ist der Kindergarten. Bevor du fragst, es ist für ca. eine Woche," antwortete Lara und Shiva rieb sich die Stirn. „Ich komme gleich vorbei und hole den Schlüssel."

„Danke dir Shiva, ich wusste das ich auf dich zählen kann." Lara legte auf und Shiva knurrte leise vor sich hin. „Sie sollen endlich jemanden einstellen, der nicht alle drei Wochen krank ist." Sie hatte es langsam satt und dieses Mal wollte sie es auch Lara sagen. Ungefähr 15 Minuten später war Shiva bei ihren Chefs und klingelte. „Shiva vielen Dank das du hilfst." Begrüßte Lara sie und Shiva nickte nur. Lara sah ihr an das sie geladen war. „Ganz ehrlich Lara, aber seht zu das ihr jemanden einstellt der zuverlässig ist. Und nicht bei jeder Kleinigkeit zum Arzt rennt und krank ist" platzte Shiva los und Lara sah sie verständnisvoll an. „Wir haben schon eine Anzeige geschaltet und Kati wird, wenn sie wieder da ist, die Kündigung erhalten. Ich weiß, dass du viel zu tun hast mit deiner kleinen Pension und wir sind dir wirklich sehr dankbar das du uns aushilfst, wenn Not am Mann ist." Lara reichte Shiva die Schlüssel und zu ihrer Überraschung auch ein Geschenk. Nun war es Shiva, die etwas verwirrt dreinschaute und Lara sagte: „Mache es auf, wenn du zu Hause bist, danke dir."

„Danke Lara, wir sehen uns." Shiva verabschiedete sich und rief dann Lukas an, damit er Bescheid wusste, dass sie später kommen würde. Natürlich war Lukas nicht ganz so begeistert, aber es lies sich jetzt nicht ändern. Zwei Stunden später saß Shiva dann im Auto und fuhr nach Hause. Es war nun schon halb neun und Lukas würde bestimmt schon auf sie warten. Als Shiva auf den Hof fuhr, stieg sie aus und verschloss das Tor. Kaum das sie sich umdrehte, stand Lukas vor ihr und nahm sie in den Arm. „Kleines du siehst richtig fertig aus," bemerkte Lukas besorgt und Shiva schmiegte sich wie eine Katze an ihn. „So fühle ich mich auch. Es ist bald vorbei mit der ganzen Vertretungssache." Sagte Shiva ermattet und Lukas meinte liebevoll: „Das wäre sehr gut für dich....." Shiva wusste was er noch sagen wollte, es aber nicht ansprach, da sie sonst wieder in einem Streit zu Bett gehen würden. Dieses Mal war Shiva sehr dankbar, dass er nichts mehr sagte, sondern sie einfach nur schützend im Arm hielt. Zusammen gingen sie in die gemeinsame Wohnung und Lukas meinte: „Warte hier

Kleines." Shiva sah ihn müde an, aber folgte der Anweisung. Als Lukas zurückkam, wartete Shiva noch immer an der Tür, hatte aber die Schuhe ausgezogen. „Huch lass mich runter!" quietschte Shiva erschrocken, da Lukas sie unerwartet auf den Arm nahm und sie ins Badezimmer trug. Völlig überrascht sah sich Shiva um. Überall standen Kerzen und es duftete nach Mandelmilch. Bevor Shiva etwas sagen konnte, sagte Lukas: „Scht. Ausziehen und in die Wanne mit dir Kleines." Sein Tonfall war streng und Shiva wusste, dass er gerade in den Master-Modus gewechselt hatte. „Ja Master." Shiva zog sich aus und stieg dann in die Wanne und ließ sich einfach treiben, während er ihr leicht die Schultern massierte. „Das tut gut," schnurrte Shiva und Lukas grinste vor sich hin. Es vergingen einige Minuten bis dann Lukas zu ihr in die Wanne stieg. Sofort schmiegte sie sich mit den Rücken an ihn und sie lagen einfach nur kuschelnd in der Wanne. Lukas streichelte ihr den Bauch und Shiva dämmerte weg, was eigentlich nicht geplant war. Nach einigen Minuten war ein leises Schnarchen zu hören und Lukas musste lächeln. „Ach Kleines, es muss langsam etwas passieren." Als Lukas dann auf die Armbanduhr schielte war es halb elf und er beschloss Shiva zu wecken. „Kleines wach auf, das Wasser wird zu kalt, um weiter zu schlafen." Shiva streckte sich vorsichtig und zitterte kurz vor Müdigkeit und stand dann mit Lukas zusammen in der Wanne auf. Ratz fatz waren sie abgetrocknet und kurz darauf kuschelte sich im Bett Shiva an Lukas. Es war einfach zu anstrengend gewesen. Der ganze Tag war eine einzige Katastrophe und nun forderte er Shivas Tribut.

Mitten in der Nacht wachte Shiva auf und lauschte. Da war ein Geräusch gewesen. Sie richtete sich auf und sah zum Fenster. Sah sie da eine Gestalt? Das konnte eigentlich nicht sein, da sie das Tor selber verschlossen hatte und Lukas war dabei gewesen. Trotzdem stand Shiva auf und schlich sich zur Tür. Doch das blieb nicht unbemerkt. Lukas schlich hinter ihr her, denn auch er hatte etwas gehört. Shiva betrat schleichend den Hof und es huschte auf einmal etwas davon. Sie schaltete die Taschenlampe ein, doch es war nur eine Katze. „Verdammt!" fauchte sie leise und dann trat Lukas an sie heran. „Kleines!" flüsterte er und doch erschrak Shiva. „Bist du wahnsinnig?", fragte sie sauer und musste erst einmal ruhiger werden. „Ganz ruhig. Ich habe es auch gehört." Shiva drückte sich an Lukas und schaute sich mit ihm um, doch sie fanden nichts. Sie gingen zurück in die Wohnung, aber Shiva sah sich trotzdem suchend um. Irgendetwas stimmte hier nicht.

Am nächsten Morgen wurde Shiva von ihrem Wecker aus dem Schlaf gerissen. Sie machte ihn aus und zog die Decke über den Kopf, da sie wusste das Lukas sie eindringlich ansah. Wie konnte jemand nur so früh hellwach sein? Lukas nahm einen Zipfel der Decke und zog ganz langsam daran. „Ich schlafe." Kam es gedämpft von Shiva unter der Decke hervor, doch Lukas zog weiter bis er ihr in die Augen sehen konnte, die sie zu kniff. „Hör auf!" schrie Shiva lachend auf, denn Lukas kitzelte sie wach. „Raus aus dem Bett. Das Frühstück wartet darauf gemacht zu werden" brummte Lukas grinsend und Shiva seufzte, setzte sich jedoch auf und streckte sich einmal der Länge nach. „Du bist nicht so groß," lachte er belustigt, Shiva griff nach dem Kissen und schlug es ihm über den Kopf. Sofort sprang Shiva lachend auf und wurde gleich darauf verfolgt. „Du kleine Hexe!"

„Fang mich doch du Holzkopf!" Dieser Einladung konnte Lukas nicht widerstehen, aber wenn er sie hatte sollte sie eine andere Bestrafung bekommen, mit der sie nicht gleich auf den ersten Blick einverstanden sein würde. „Du bist ganz schön mutig!" rief er hinter ihr her und ließ ihr erst einmal die Sicherheit.

Kapitel 4

Nach einer Jagd, die sich knapp zehn Minuten hingezogen und die sich nur auf den Wohnzimmertisch bezogen hatte, bekam Lukas Shiva dann doch zu fassen. Allerdings war Lukas mehr außer Atem als er gedacht hatte. Shiva hingegen machte zwar einen etwas erschöpften Eindruck, lachte aber Lukas gnadenlos aus. „Hör auf zu lachen" knurrte er beleidigt, doch Shiva lachte weiter. „Ist so wenn Mann stark auf die hundert zugeht." Das hatte gesessen. Jetzt sollte ihr das Lachen vergehen. Lukas Schneider grinste sie auf einmal süffisant an und Shiva stoppte in ihrem Gelächter. Oh je gar nicht gut. „Schön, dass du so wenig anhast." Sagte Lukas nur und faste an den Saum ihres kurzen Nachthemdes. Ehe sich Shiva versah, war sie das Ding los und bekam einen Kuss, um nicht protestieren zu können. Dabei entfernt Lukas auch ihre Panty, die sie trug und machte sich erst mal über Shiva her. Sie selber ahnte ja nicht, dass es nur von seiner Seite aus eine Ablenkung war, denn er hatte etwas Anderes vor mit ihr. „Verdammt du Biest!" knurrte Lukas, da sie ihn etwas fester in den Hals gebissen hatte und haute aus Reflex Shiva was auf den nackten Po. Sie quiekte auf und freute sich innerlich. Kurz darauf baumelte sie über seiner Schulter und er trug sie aus der Wohnung. „Was machst du denn?" Shiva war schockiert darüber, dass er die Wohnung verließ mit ihr und Lukas sagte grinsend: „Wirst du gleich sehen. Und jetzt halt den Mund." Shiva schwieg beharrlich, obwohl sie ihm am liebsten etwas an den Kopf geworfen hätte. Es ging auf direktem Wege zum „Kleinen Saal" und dort zum Andreaskreuz. Wie es Shiva gewohnt war, sah sie sich schnell unwohl um. Sie kam noch immer nicht ganz klar mit ihrer passiven Neigung, aber es wurde am Ende immer wundervoll. Lukas drückte sie mit seinem gesamten Körper an das Kreuz, so dass sie sich nicht wehren konnte. Kurz darauf war Shiva schon mit den Händen daran fixiert und die Füße folgten auch schnell. „Mach mich los, du aufgeblasener Maulesel!" fauchte sie, denn sie hatte Angst, dass man sie sehen würde. „Ztztztzt deinen Mund werde ich wohl stopfen müssen. Mund auf" sagte er grinsend und mit triumphierenden Blick. Shiva dachte gar nicht daran den Mund zu öffnen, nein sie biss die Zähne aufeinander, dass es schon schmerzte. „Ahh!", kam von Shiva, da Lukas ihr hart in die linke Brustwarze gekniffen hatte und schon steckte die Beißstange in ihrem Mund. Wütend schnaufte Shiva und Lukas sah sie grinsend an. Ihm gefiel der Anblick von seiner Sub. „Du siehst bezaubernd aus, wenn du wütend bist," schnurrte Lukas und küsste ihr den Hals bis zu ihren Busen. Das machte Shiva noch wütender, da sie komplett hilflos und im „Kleinen Saal" stand, in dem jeder hereinkommen konnte. Allerdings fiel ihr jetzt erst ein, dass keine Gäste da waren über dieses Wochenende und sie entspannte sich etwas. Lukas kniete gerade vor ihr, als Maybrit den „kleinen Saal" betrat und blieb wie angewurzelt stehen. Shiva starrte sie erschrocken an und Maybrit machte ihr von der Schamesröte her sehr gute Konkurrenz. Shiva schnaufte und Lukas wandte sich interessiert zu Maybrit um. Grinsend stand Lukas auf und ging gelassen zu Maybrit, die noch immer wie erstarrt dastand und Shiva am Andreaskreuz anstarrte. „Maybrit! Guten Morgen Liebes. Hast du gut geschlafen nach dem Ereignis gestern?", fragte Lukas freundlich und beachtete Shivas Protestschnaufen gar nicht. „Ich.....nun ja..... ich …..habe gut …...geschlafen" stammelte sie und fühlte sich etwas unbehaglich, was Lukas natürlich auffiel. „Setze dich Maybrit," sagte Lukas und sie tat es, weil sie nicht wusste, was er sonst mit ihr machen würde. „Ich werde dir nichts antun. Ich bin kein perverses Schwein wie dieser Max, der Frauen aus Selbstvergnügen schlägt und vergewaltigt" erklärte Lukas Maybrit und sie nickte bedächtig, weil sie nicht recht wusste, ob sie ihm glauben konnte, aber ein schüchterner Blick zu Shiva, die sie liebevoll ansah, machte ihr Mut und antwortete leise: „Okay Lukas." Lukas lächelte sie an und stand dann auf um sich Shiva zu widmen. „Das machst du toll. Ich bin stolz auf dich,

Kleines!" flüsterte Lukas Shiva liebevoll ins Ohr und küsste sie auf die Stirn, umfasste ihre Brüste und massierte sie sanft. Shiva schnaufte, denn sie hasste ihn, weil Maybrit zusehen durfte und doch genoss sie seine Zuwendung. Lukas wanderte mit der einen Hand weiter nach unten und Shiva schüttelte den Kopf. Lukas hielt inne und flüsterte: „Lass es zu Shiva. Ich weiß das du es kannst und dass es dir gefällt." Er beobachtete den inneren Zwiespalt von Shiva und schlussendlich gab Shiva nach, in dem sie den Blick senkte. „Ich liebe dich Kleines!" Seine Worte umhüllten sie wie Watte und gaben ihr das Gefühl der Geborgenheit. Shiva stöhnte in den Knebel, als Lukas seinen Finger in ihr verdammt nasses Geschlecht schob und sie begann zu stimulieren. Shiva schloss die Augen und genoss es verwöhnt zu werden. Maybrit sah allem fasziniert und interessiert zu und sie musste sich eingestehen, dass sie es erregend fand. Aber das würde sie natürlich niemanden verraten; dachte Maybrit zumindest. In den Knebel keuchend und gedämpft stöhnend kam Shiva zu einem Orgasmus und Lukas küsste sie auf die Stirn. „Danke meine kleine Sub." Seine Augen strahlten pure Zuneigung aus und Shiva liefen ein paar Tränen. „Ich möchte dir gleich noch jemanden vorstellen, Kleines. Geh dich schnell duschen und mach dich fertig." Lukas gab ihr einen leidenschaftlichen Kuss, nachdem er die Beißstange entfernt hatte und dann löste er Shiva vom Andreaskreuz. Shiva ahnte ja nicht das noch ein unbekannter Mann zugesehen hatte, den sie gleich kennen lernen sollte. Shiva verschwand und Lukas ging hinüber zu Maybrit. „Hat es dir gefallen?" Mit dieser Frage hatte Maybrit nicht gerechnet und sie war völlig überrumpelt. „Ja......ich .....nein!" stotterte Maybrit und Lukas grinste sie an. „Ich glaube sie lügt. Herr Schneider." Der Unbekannte kam herein und stellte sich hinter Maybrit, die vor Angst erstarrte und sich nicht traute sich umzudrehen. „Habe keine Angst Maybrit. Hier wird dir niemand wehtun. Du bekommst hier nur das was du begehrst," säuselte Lukas und die andere Stimme fügte hinzu: „Und das ist in meinen Augen Lustschmerz vom Feinsten. Deine kleine Lüge hat dich verraten. Liebes." Maybrit zitterte und das nicht nur aus Angst. Nein sie stellte es sich gerade vor wie Lustschmerz sein würde. „Sag uns ob du erregt bist Maybrit" befahl Lukas liebevoll und Maybrit sah ihm in die Augen. „Ich bin.....erregt.....ich weiß nicht wieso....es ist passiert." Stammelte sie und der Unbekannte legte sachte seine Hand auf ihr Schulter. Maybrit versteifte sich. „Habe keine Angst Liebes" sagte er flüsternd und wanderte mit der freien Hand in ihre Jogginghose. Maybrit quietschte erst auf, doch dann keuchte sie lustvoll, was ihr sehr peinlich war. Der Unbekannte grinste Lukas wissend an, denn Maybrit lehnte sich an ihn und gewährte ihm besseren Zugang. „Ich lasse euch alleine." Lukas grinste beide an und der Unbekannte küsste liebevoll Maybrit den Nacken. „Ach du meine Güte," dachte Maybrit und ließ sich treiben.

Lukas verschwand in der Wohnung, um zu schauen wie weit Shiva war. Natürlich hörte er Shiva fluchen. „Dieser Mistkerl! Wie kann er es wagen?! Argh! Das hält man doch im Kopf nicht aus!" fauchte Shiva ungehalten unter der Dusche. Lukas stand grinsend im Badezimmer. „Mach ruhig weiter kleine Kampfmaus. Ich höre dir gerne zu," sagte Lukas und Shiva kreischte erschrocken auf. „Bist du wahnsinnig!? Du sollst mich nicht immer erschrecken!" Shiva warf ihm eine Ladung Wasser ins Gesicht mit ihren Händen und er stand tropfnass vor ihr. „Du bist ganz schön mutig" knurrte er lustvoll und entledigte sich seiner nassen Sachen. Shiva grinste frech und doch hatte sie erreicht was sie wollte, mit ihrem Master zusammen duschen. „Du ungezogenes Ding. Was soll ich bloß mit dir machen?" fragte Lukas, umarmte Shiva und küsste sie leidenschaftlich. „Hm. Habe mich einfach lieb und halte mich fest" antwortete Shiva mit einem Mund voll Wasser und er lachte leise, tat ihr aber den Gefallen. Shiva schmiegte sich an ihn und Lukas wanderte mit den Händen nach unten zu ihren prallen Backen. Lustvoll keuchte Shiva auf und er begann sie genussvoll zu kneten. „Du machst mich echt wahnsinnig Lukas Schneider," schnurrte Shiva und biss ihm leicht in eine seiner Brustwarzen. Lukas war überrascht von der Intensität und keuchte qualvoll. „Du Biest." Shiva grinste und er hob sie hoch, ließ sie küssend auf sein hartes Glied sinken und Shiva keuchte wie er auf, als er sie ausfüllte. Shiva hielt sich zusätzlich an dem oberen Rand von der Duschkabine fest, während Lukas sich bewegte. Shiva musste zugeben das dieser Sex in der Dusche noch besser war, als damals mit ihrem Ex Freund. „Ich liebe dich Master," gurrte Shiva und Lukas sah ihr liebevoll in die Augen als er mit ihr zusammen zum Höhepunkt kam. „Eigentlich war das gar nicht meine Absicht gewesen dich jetzt schon zu nehmen" sagte Lukas und lächelte glücklich und Shiva grinste ihn frech an. „Hast du aber, weil du mit dem kleinen Lukas gedacht hast." Lukas lachte auf und stimmte ihr soweit zu. „Du hast es aber auch gekonnt provoziert." Shiva sah ihn triumphierend an und dann trockneten sie sich gegenseitig ab. „Du wolltest mir jemanden vorstellen" sagte Shiva plötzlich und Lukas meinte lächelnd: „Ja das wollte ich. Komm mit, er wartet bestimmt schon auf uns." Shiva folgte Lukas in den „kleinen Saal" und dort saßen eine überglücklich aussehende Maybrit und ein gutaussehender Mann, von ungefähr 190cm und Shiva würde sagen, dass er ein Johnny Depp Verschnitt war. „Grr!" murmelte Shiva und Lukas musste grinsen. „Ich weiß das du auf mich stehst," meinte Lukas und Shiva sagte frech: „Wer redet denn von dir?" Lukas´ Gesichtszüge entglitten und Shiva brach in Lachen aus. „Du....!" Lukas verschluckte die Worte und grinste, denn er freute sich das Shiva nach dem ganzen Theater vom Vortag lachen konnte. „Shiva. Das ist Rick Dark" stellte Lukas den Mann vor und Rick reichte ihr die Hand. „Schön die Inhaberin kennen zu lernen und ich habe nicht gedacht, dass Sie eine entzückende Sub sind." Shiva wurde rot und sah Lukas an, als würde sie ihn jeden Moment durch den Fleischwolf drehen. „Sie haben uns zugesehen?" wollte Shiva wissen und Rick Dark sah ihr Unbehagen. „Ja ich habe zugesehen und es war einfach wunderschön. Diese Hingabe ist

einzigartig." Erneut wurde Shiva rot und sagte leise: „Danke." Rick lächelte Shiva an und wandte sich an Lukas. „Lukas mein Freund, du hattest erzählt das noch eine junge Dame hier arbeitet." Lukas grinste und meinte: „Ja das stimmt. Sie ist aber gerade arbeiten. Sie kommt erst gegen Nachmittag." Shiva gesellte sich kurz zu Maybrit. „Du siehst fröhlich aus. Das freut mich zu sehen." Shiva lächelte Maybrit an und Maybrit antwortete: „Ja Rick ist einfach klasse. Ganz ehrlich ich habe nicht gedacht das ich es so genießen kann wie du." Das letzte hatte sie geflüstert und grinste verlegen. „Das ist schön Maybrit. Genieße es, wenn es geht. BDSM ist nicht gleich Gewalt." Maybrit nickte und freute sich über die schöne Erfahrung. Gerade als Shiva etwas sagen wollte, klingelte ihr Handy. „Shiva Hansen." Kurze Pause. „Ja Tony, ich sage ihm Bescheid." Dann legte Shiva auf. Lukas hatte es gar nicht mitbekommen, da er noch mit Rick sprach. „Lukas. Tony braucht dich dringend." Fiel Shiva ihnen ins Wort und wurde etwas säuerlich angesehen. „Hat man Ihnen keine Manieren beigebracht?" fragte Rick, doch Shiva beachtete ihn nicht. „Es geht um die Motorradgang. Man hat wohl eine Leiche gefunden." Lukas sah Shiva an und sagte: „Ich bin schon unterwegs. Ich liebe dich Shiva. Bis später Rick."
„Ja Lukas bis nachher und passt auf euch auf," meinte Rick und Lukas küsste schnell Shiva auf die Stirn. „Sei lieb Kleines." Shiva grinste und nickte. Dann war Lukas verschwunden. „Rick. Dein Name ist aber nicht aus Deutschland, also wo kommst du her?" fragte Shiva und Maybrit winkte ihr zu, dass sie Mittag machen würde. „Ich komme aus England. Ich bin in London geboren und aufgewachsen," begann er zu erzählen und Shiva nickte. „Meine Mutter ist Deutsche und mein Vater Engländer. Ich bin zweisprachig aufgewachsen und glaub mir, Vater hat es gehasst, wenn Mutter mit mir geschimpft hatte und er es nicht verstand." Shiva lachte herzhaft und meinte: „Das kann ich mir vorstellen." Rick sah sie lächelnd an und suchte nach Worten. „Was ist los Rick?" Shiva wurde misstrauisch und er kratzte sich

verlegen am Kopf. „Hat Lukas schon mit dir gesprochen. Oh, darf ich dich überhaupt duzen?" Shiva nickte und sagte lächelnd: „Nein hat er nicht. Sicher darfst du mich duzen. Sie ist immer so alt und ich bin noch nicht scheintot." Nun lachte Rick und dann fuhr er fort: „Lukas hatte mir den Vorschlag gemacht, mich mit ins Boot zu holen." Shiva sah ihn an. „Ins Boot holen." Rick nickte und sagte vorsichtig: „Ja. Lukas macht sich große Sorgen um dich, dass du ihm vielleicht umkippen könntest. Ich weiß, dass du zusätzlich noch arbeiten gehst. Immer in den Abendstunden und das ist auf Dauer anstrengend." Nun wusste Shiva nicht genau ob sie sauer auf Lukas sein sollte oder nicht. Viel zu oft hatten sie schon Streit gehabt, weil Shiva noch arbeiten ging und dann ständig diese Vertretungen die sie annahm, obwohl sie schon mit den Kräften am Ende war. „Muss ich mich sofort entscheiden? Es ist immerhin mein Klub Domizil." Gab Shiva zu bedenken und Rick konnte nicht anders, als sie einfach liebevoll anzulächeln. „Ich weiß das es dein Traum ist Shiva. Ich wäre nur ein Teilhaber und würde mich auch um den ganzen Finanzamt kram kümmern. Ich bin Steuerberater und da ist es ein leichtes für mich, mit den Aasgeiern anzulegen." Sie unterhielten sich noch darüber und Shiva sagte auch ihre Bedenken, da sie Angst hatte ihren Traum verlieren zu können, aber alles konnte sie auf Dauer nicht alleine bewältigen. Sie hatte Julia, Tony und auch Lukas die sie unterstützten, aber Buchhaltung war für die genau so schwer wie für Shiva selbst.

„Mittagessen!", kam fröhlich Maybrit herein und stellte drei Teller auf den Tisch. Rick war ein Gentleman und trug für Maybrit den großen Topf mit Würstchengulasch, während Maybrit den kleinen Topf mit Kartoffeln trug. „Danke Rick das ist sehr nett von dir," bedankte sich Maybrit und setzte sich neben Shiva, die nachdenklich auf ihren gefüllten Teller starrte. „Nun iss Shiva, du kannst es dir in Ruhe überlegen. Ich und auch Lukas zwingen dich zu nichts." Shiva schob sich eine Gabel mit Würstchengulasch in den Mund und nuschelte: „Ich weiß, aber es ist schwer für mich meinen Traum zu teilen." Maybrit lachte und Rick sah sie streng an, während Shiva auf einmal dicke Backen machte, um nicht weiter mit vollem Mund zu reden. „Dir sollte man echt Manieren beibringen. Ich glaube, ich werde Lukas den Vorschlag machen, dich mir ein paar Stunden zu überlassen." Shiva entglitten die Gesichtszüge und Maybrit musste feststellen, dass sie eifersüchtig wurde, was Rick nicht verborgen blieb. „Oh, liebe Maybrit, ich werde mich deiner gleich noch einmal annehmen. Es gibt keinen Grund zur Eifersucht." Ricks Stimme war dunkler als vorher und Maybrit schluckte den Kloß herunter der in ihrem Hals steckte. Shiva schluckte ebenfalls und sah Maybrit sparsam an. „Du bist eifersüchtig?" flüsterte Shiva Maybrit zu, als Rick sich einen zweiten Teller von dem tollen Mittagessen auffüllte. Maybrit wurde rot und nickte. „Ich hatte immer Pech mit Männern und Rick ist.....na ja einfach toll." Shiva konnte sie verstehen und sagte daher: „Du musst dir keine Gedanken machen. Ich habe Lukas und liebe ihn. Er bestimmt, wer mir den Hintern verhauen darf und wer nicht. Mehr ist da eigentlich nicht und wenn es zu mehr kommt, dann nur safe." Maybrit sah ein, dass sie keinen Grund hatte eifersüchtig zu sein und sie wollte auch nicht die neue Freundschaft, die sich entwickelte mit Eifersucht kaputt machen. Nein, das wollte Maybrit auch nicht zulassen. Sie wusste nur zu gut wie das enden kann. Damals hatte sie ihre beste Freundin dadurch verloren, obwohl sie nichts dafür konnte; denn der Freund ihrer Freundin machte es zu offensichtlich, dass er auf schlanke Frauen stand und versuchte sich Maybrit zu angeln, was sie nicht wollte. Ihre Freundin brach den Kontakt ab und ist noch immer mit dem Mann zusammen der Maybrit schöne Augen gemacht hatte. „Was ist los?" fragte Shiva, die die Abwesenheit von Maybrit bemerkt hatte. „Nichts. Ich musste nur an jemanden denken, der schon lange aus meinem Leben getreten ist." Rick sah sie liebevoll an und half ihr anschließend den Tisch abzuräumen. „Hast du dieses Wochenende noch mehr Gäste?", fragte Rick und Shiva antwortete: „Nein, erst nächstes Wochenende. Also es gibt hier

Platz für dich." Dark lächelte sie an und meinte: „Ich würde gerne bei Maybrit bleiben. Wenn es dir nichts ausmacht Maybrit." Er wandte sich an sie und Maybrit kicherte nervös. „Gerne." Shiva grinste und sagte: „Komm mit ich gebe dir den zweiten Schlüssel." Rick folgte Shiva zu ihrer Wohnung und wartete dann vor der Tür. „Du darfst auch hereinkommen!" rief Shiva von drinnen und Rick betrat den Eingangsbereich. Kurz darauf stand Shiva vor ihm mit dem Schlüssel und auch mit einem Zettel. „Bitte ließ ihn gründlich durch und unterschreibe den Vertrag." Er sah Shiva verwirrt an. „Ich weiß das du und Lukas gute Freunde seid, aber es gelten auch für dich Regeln." Nun grinste Rick und sagte: „Ach du meinst diesen Zettel hier." Er reichte ihr den unterschriebenen Zettel und Shiva sah ihn nun verwirrt an. „Lukas hatte ihn mir schon vor Wochen gegeben. Ich werde mich an die Regeln hier halten Shiva. Keine Sorge. Und mal ganz unter uns......ich war beim britischen Militär bevor ich Steuerberater wurde und nach Deutschland gezogen bin, also weiß ich wie man mit Gewalttätern umgeht. Und ich bin ein Verhörspezialist. Dennoch bevorzuge ich die Arbeit im Steuerwesen." Shiva war es unangenehm und grummelte leise: „Lukas du kannst dich warm anziehen." Rick grinste und schnippte ihr liebevoll an die Nase, dann ging er hinaus und ließ Shiva allein, damit sie in Ruhe über alles nachdenken konnte.

Shiva verschwand in das Büro und setzte sich an den Schreibtisch und ging alles durch. Besser ging es eigentlich nicht. Rick könnte alles regeln was das blöde Finanzamt wollte und Shiva hatte mehr Zeit sich um Essen, Gäste und Mottopartys zu kümmern. Ja es war dennoch eine schwierige Entscheidung und sie wollte auf jeden Fall Julias Meinung dazu hören, da sie ja mit ihr zusammen alles auf die Beine gestellt hatte, auch wenn Shiva alleinige Inhaberin war. Und Lukas würde noch Ärger mit ihr bekommen, weil er ihr nicht ein Sterbenswörtchen gesagt hatte was er vorhatte. Als Shiva hochsah, seufzte sie und schnappte sich ihre Autoschlüssel. Sie musste zur Arbeit und sie begab sich zur Haustür, als erneut ihr

Handy klingelte. „Shiva Hansen." Sie lauschte und war schon fast wieder angesäuert, da es ihre Chefin war. „Ja sicher kann ich die Stellen zeigen. Ich bin in ungefähr 45 Minuten bei euch und nehme sie dann mit." Dann legte sie auf und sah Julia auf den Hof fahren. Shiva schloss ab und begrüßte Julia mit einer herzlichen Umarmung. „Hallo Julia."

„Hallo Shiva. Tony sagte das jemand hier wäre. Ein gewisser Rick Dark." Shiva grinste sie an und sagte verschwörerisch: „Japp, er ist bei Maybrit und ich glaube die beiden verstehen sich sehr gut." Julia fing an zu lächeln und sagte: „Sehr schön. Sie hat es verdient nach dem ganzen Mist." Shiva nickte und verabschiedete sich schnell, da sie zur Arbeit musste. „Fahre vorsichtig Süße!" rief Julia und Shiva rief aus ihrem Auto zurück: „Mach ich immer!" Julia schüttelte den Kopf und hatte nicht bemerkt wie Rick hinter ihr stand. „Hallo schöne Frau." Julia quietschte auf und funkelte ihn an. „Entschuldigung. Rick Dark mein Name und du musst Julia Hartmanner sein." Julia nickte und dachte: „Wow Jack Sparrow." Rick schien ihre Gedanken gelesen zu haben, denn er grinste und meinte: „Meine „Black Pearl" steht da drüben." Julia wurde rot und sagte: „Ich... oh Gott wie peinlich. Julia." Rick lachte und schüttelte ihr die Hand. Maybrit kam dazu. Sie sah etwas verheult, aber sehr glücklich aus und Julia grinste Maybrit wissend an. „Lasst uns doch Kaffee trinken." Schlug Julia vor und begab sich zum „kleinen Saal". „Warte ich mach das schon." Sagte Maybrit und Julia meinte lächelnd: „Maybrit du bist nicht unser Dienstmädchen. Setze dich und lass mich den Kaffee machen." Maybrit sah Julia verlegen an und antwortete: „Aber ich darf hier kostenlos wohnen und das ist doch das Mindeste was ich tun kann für eure Gastfreundschaft." Julia lächelt und Rick meinte: „Das ist auch soweit okay Maybrit, aber Julia hat Recht, du bist ein Mensch und kein privates Dienstmädchen. Du musst nicht alles machen, nur ein bisschen unter die Arme greifen." Julia sah zu Maybrit und fügte hinzu: „Es stimmt Maybrit, wir freuen uns das du hilfst aber du sollst uns nicht von früh bis spät bedienen." Maybrit sah natürlich ein, dass beide Recht hatten und versuchte sich im Moment damit abzufinden. Ungefähr 15 Minuten später saßen sie dann zu dritt am Tisch, tranken Kaffee, aßen Kekse und unterhielten sich bei guter Laune.

Kapitel 5

Tony wartete bereits auf Lukas vor dem Revier am Flensburger ZOB. „Shiva meinte es gibt eine Leiche," begrüßte Lukas ihn besorgt und Tony nickte traurig. „Ja leider. Komm wir fahren hin." Lukas stieg bei Tony ein und sie fuhren zum Handewitter Forst, einem riesigen Wald nahe bei Flensburg. Der Parkplatz an der dortigen Hundeschule war abgesperrt worden und die Kollegen erwarteten die beiden bereits. „Lukas, Tony!" begrüßte ein dunkelhaariger Mann die beiden und sie nickten ihm zu. Kurz darauf folgten sie ihm ein gutes Stück in den Wald hinein. Die Polizisten hatten den Ort um die Leiche so gut es ging weiträumig abgesperrt. „Dort ist die junge Frau." Tony sah hin und ging dann zusammen mit Lukas zu der Leiche um sie näher zu betrachten. Die Frau sah schlimm aus. Ihr Körper war zum größten Teil mit blauen Flecken übersät, wenn man die Kleidung anhob und ihr Gesicht wies Schnittwunden auf. „Wie kann man nur so grausam sein?" fragte sich Lukas und Tony meinte ebenfalls fassungslos: „Das ist unerklärlich wie man so was überhaupt sein kann, aber wir finden denjenigen der das getan hat." Lukas sah seinen Freund und Chef an und meinte: „Ja das werden wir. So wie fast immer." Es wurden Spuren gesichert und alles was zu finden war. Selbst platt getretene Pilze, in der Hoffnung das irgendwelche Rückstände zu finden wären, wurden eingesammelt. Tony und Lukas arbeiteten präzise und gewissenhaft. Der Gerichtsmediziner drehte die Leiche gerade auf die Seite, um sich den Rücken der Frau anzusehen und rief dann nach Tony. Dieser kam auch sofort mit Lukas heran und sie schauten auf ihren Rücken. „Das arme Ding." Kam nur vom Gerichtsmediziner und Lukas sah genauso aus, wie Tony sich fühlte. Man hatte der Frau mit einem Messer das Wort „Pain" in den Rücken geritzt. Sie hofften, dass es danach gewesen war und nicht davor, um sie auf diese Weise zu quälen. „Dieses Schwein müssen wir unbedingt aus dem Verkehr ziehen," knurrte Lukas ungehalten und Tony legte beruhigend seine Hand auf die Schulter seines Freundes. „Das werden wir. Das werden wir." Nach ihren Untersuchungen fuhren sie zurück zum Revier und saßen erst einmal schweigend im Büro von Tony.

Es klopfte und Tony meinte: „Herein!" Der Polizist Kramer steckte den Kopf durch die Tür. „Was gibt es Erik?", wollte Tony wissen und Erik Kramer antwortete: „Ich soll dir das hier geben. Es steckte in ihrem BH." Er überreichte Tony einen Zettel der sehr klein gefaltet worden war. Lukas sah ebenfalls sehr neugierig aus und Tony zog sich ein paar Handschuhe über.

---A7 zwischen Schleswig-Jagel und Schleswig-Schuby, Motorradrennen, Mitternacht, 23.08---

„Wir haben einen Hinweis wann das nächste Rennen ist. Am 23.08. Um Mitternacht." Tony´s Miene hellte sich etwas auf und Lukas meinte: „Das ist heute Nacht." Tony sah Lukas an und dieser wusste, dass er eben die Mädels anrufen sollte, um ihnen zu sagen, dass sie Überstunden machen würden. Tony hingegen telefonierte und hatte dann eine Idee. „Lukas. Unser Freund war doch beim Militär. Kennt er nicht jemanden der sich mit so etwas auskennt?" Lukas überlegte und antwortete: „Ich rufe ihn gleich an und frage ihn was er dazu meint. Die Mädchen wissen Bescheid." Tony lächelte und meinte belustigt: „Das hat ihnen bestimmt nicht gefallen." Lukas grinste Tony an und erwiderte: „Nein nicht wirklich, aber sie sind ja in guten Händen." Tony nickte und machte sich wieder ans Telefon um alles zu organisieren.

Natürlich waren die beiden Mädchen nicht begeistert, aber es war nun mal deren Job dafür zu sorgen, dass alles gut ging und Shiva wusste ja selbst wie es ist ständig Überstunden zu schieben. Julia hatte selbstverständlich Angst um Tony und auch um Lukas, da es auch sehr gefährlich für die beiden und auch für die Kollegen werden könnte. Daran wollte sie aber nicht denken und versuchten es positiv zu sehen. Es war inzwischen später Nachmittag geworden und Shiva zeigte ihrer neuen Kollegin die Objekte, die sie in Ordnung zu halten hatte. „Ich bin froh endlich einen Job zu haben. Immer noch besser als nichts." Shiva konnte die Neue verstehen und meinte daher: „Das stimmt. So hier sind die Schlüssel und die Zeiten hast du ja von Lara bekommen. Viel Spaß." Als Shiva fertig war mit ihrer Arbeit, fuhr sie nach Hause. Sie dachte über das nach, was Rick ihr gesagt hatte und immer mehr kam sie zu dem Entschluss, dass dieses Mal Lukas leiden würde für diese Sache. Wie konnte er nur etwas anleiern ohne ihr etwas zu sagen? Das machte sie fuchsig und Shiva fing an zu grinsen. Sie hatte vor ihn bluten zu lassen. Oh ja ihr schwirrte schon etwas im Kopf herum. Sein weißes Lieblingshemd würde auf jeden Fall daran glauben müssen. Sie fuhr zum Einkaufzentrum das direkt an der B200 lag und kaufte Wäschefärbemittel. „Das geschieht ihm Recht," dachte Shiva grinsend, begab sich zur Kasse und bezahlte die Farbe. Als Shiva zu Hause ankam, sah sie Rick am Handy telefonieren und Julia eilte schon auf sie zu. „Hallo Shiva. Rick hat wohl eine Idee, was die Sache angeht die Tony und Lukas gerade verfolgen," berichtete Julia und Shiva schloss die Autotür ab. „Okay. Na da bin ich mal gespannt," sagte Shiva und Rick legte in dem Moment auf. „Was heckt ihr beiden schon wieder aus?", fragte Rick grinsend und Julia wurde rot. „Nichts hecken wir aus. Wie geht es Lukas und Tony? Ich bekomme keinen von ihnen erreicht." Meinte Shiva und war besorgt, dass sah Rick ihr an. „Den beiden geht es gut. Tony organisiert alles für den Einsatz und Lukas spricht mit einem guten Freund von mir. Er ist ein super Undercover Cop in Britannien und eigentlich im Urlaub hier in Deutschland." Julia und Shiva sahen ihn skeptisch an. „Also mal ganz unter uns Rick....." begann Shiva, da ihr das alles gerade etwas unheimlich war. „Das sind alles aber merkwürdige Zufälle. Erst du, dann der Einsatz und jetzt auch noch einen Freund, der undercover arbeitet und zufällig hier in

Deutschland ist um Urlaub zu machen.... in meinen Augen sieht es schon fast so aus, als wäre das alles geplant." Nun dämmerte es auch Julia und sie nickte vorsichtig. Rick dachte nach bevor er antwortete und er musste sich eingestehen, dass Shiva nicht unrecht hatte mit ihrer Feststellung. „Shiva ich bin erstaunt über deine Wahrnehmung. So etwas hätten wir gut beim Militär gebrauchen können. Dennoch ist es nicht so. Ich wusste überhaupt nichts von den Entführungen, bis ich hierher eingeladen wurde von Lukas und Tony. Und ich selbst wohne erst seit ein paar Monaten hier in Flensburg." Rick klang ehrlich und Shiva sagte verlegen: „Ist gut und es tut mir leid. Ich wollte dich nicht zu Unrecht beschuldigen." Sie kratzte sich am Kopf und sah zu Boden. Rick sah sie mit schief gelegten Kopf an, nahm seine Hand und legte sie unter Shivas Kinn, um es anzuheben, damit sie ihn ansehen musste. Shiva hasste es, wenn man das machte und das spiegelte sich auch in ihrem Gesicht wider. Rick lächelte und sagte einfühlsam: „Ganz ehrlich Kleines, ich wäre auch misstrauisch geworden und ich kann dir sagen, dass es eine gute Begabung ist, sich alles genau zu überlegen und deine Auffassung ist bemerkenswert. Aber ich bin unschuldig, ich schwöre es."

„Okay Rick. Vielleicht habe ich auch nur überreagiert damit. Weißt du, es sind halt viele Dinge passiert gestern und das macht mir doch noch sehr zu schaffen." Rick konnte Shiva nur allzu gut verstehen. Julia sah auf die Uhr und meinte: „Da es jetzt schon 19.30 Uhr ist, sollten wir uns mal um das Abendessen kümmern." „Ich dachte ihr bietet kein Abendessen an?" Maybrit war dazu gekommen und musterte die drei fragend. „Das stimmt auch, aber wenn niemand hier ist, essen wir zusammen zu Abend," sagte Shiva und lächelte. Maybrit nickte und zu viert begaben sie sich in den „kleinen Saal", um es sich gemütlich zu machen. Sie amüsierten sich köstlich und genossen das Zusammensein. „Sag mal Shiva, wie kam es dazu, dass du ein BDSM Klub/Domizil aufgemacht hast?" fragte Maybrit interessiert und Shiva lächelte verlegen. „Nun ja. Ich fand es schon immer irgendwie faszinierend und habe mich daher auch erkundigt. Mein Exfreund war dafür nicht zu begeistern. Er behauptete ich sei krank und so weiter, aber es hat mich nicht davon abgehalten, mich weiter damit zu beschäftigen. Schon alleine, weil ich kurz nach der Trennung Lukas begegnet bin." Shiva grinste Maybrit verschmitzt an und Julia sagte: „Ja, dem du buchstäblich in die Arme gefallen bist!" Sie lachten darüber und Shiva fühlte sich viel besser. „Stimmt und dann als er und Tony sie angehalten haben, als sie auf dem Weg zum Revier waren. Ich brüllte sie an das ich vergeben bin, weil sie immer wieder gehupt hatten." Die Erinnerung daran war einfach zu köstlich gewesen. Rick sah Shiva interessiert an. „Lukas fuhr seinen Smart auf den Bürgersteig und ich hatte nichts Besseres zu tun, als zu sagen, dass es kein Parkplatz ist, sondern ein Bürgersteig!"

„Und bist dafür bestraft worden?" Maybrit sah Shiva wissbegierig an. „Nein. Und so was macht man auch nicht auf offener Straße." Maybrit schlug sich die Hand an den Kopf. Natürlich wusste sie, dass man BDSM und Spanking nicht auf offener Straße betrieb. „Sorry, blöd von mir." Shiva grinste sie an und meinte: „Ist nicht schlimm."

„Wie hast du denn Tony kennen gelernt Julia?" Dieses Mal hatte Rick gefragt und Julia erzählte ihm die ganze Geschichte. Er war herzlich am Lachen genau wie Shiva und Maybrit. Julia grinste und begann den Tisch abzudecken. „So, wir sollten langsam Feierabend machen. Bleibt ruhig sitzen. Wir machen das schnell," sagte Shiva und half Julia beim Aufräumen. Rick saß mit Maybrit am Tisch und musterte Maybrit, da sie unruhig auf dem Stuhl hin und her rutschte. „Was ist los Liebes?" Rick sah ihr in die Augen. „Ich mag es einfach nicht herum zu sitzen, während andere Arbeiten," gestand Maybrit und wollte am liebsten aufspringen um zu helfen. „Das kann ich verstehen. Sag mal, was machst du beruflich?" Wollte Rick wissen und Maybrit wurde verlegen. „Ich bin …..nun ja …..zurzeit ohne Arbeit. Bin aber gelernte Steuerfachgehilfin!" Na das passte ja wie die Faust auf

das Auge. Rick grinste und meinte: „Das klingt gut. Ich bin Steuerberater und könnte etwas Hilfe in meinem Büro gebrauchen. Und dazu kommt vielleicht, wenn Shiva einverstanden ist, dass ich Teilhaber werde vom **Seidenfeuer**, dass ich dann auch mehr Arbeit habe. Da könnte ich sehr gut eine helfende Hand gebrauchen." Maybrit bekam strahlende Augen. „Du würdest mich tatsächlich einstellen?" Er nickte und sie rief: „Das wäre ja wunderbar!" Sie fiel ihm um den Hals und gab ihm einen leidenschaftlichen Kuss. „Langsam Liebes. Du zerdrückst mich ja fast!" Rick tat so, als würde er keine Luft mehr bekommen. „Du bist gemein Rick. Aber danke, dass du mich einstellen würdest!" Er grinste Maybrit an und wiegte sie leicht auf seinem Schoß. Sie saßen so eine ganze Weile da, als es laut schepperte in der Küche vom „Kleinen Saal". Kurz darauf hörte man Fluchen und das schadenfrohe Lachen von Julia. Rick und Maybrit grinsten, standen auf, um zu sehen was geschehen war. „Was habt ihr jetzt schon wieder angestellt?" fragte Rick belustigt, musterte die eigentlich sonst so ordentliche Küche und Maybrit hielt sich die Hand vor dem Mund, um nicht ebenfalls in Gelächter auszubrechen. Shiva sah aus, als wäre sie mit Klamotten in ein Fass mit Marmelade gesprungen. Julia war so am Lachen, dass sie sich schon den Bauch hielt vor Schmerzen. Shiva knurrte: „Hör auf zu lachen! Das ist nicht witzig! Die leckere Grütze!"
„Shiva ist über ihre eigenen Füße gestolpert, während sie noch den Eimer rote Grütze trug! Und…. Naja sieht man ja, was geschehen ist!" Julia bekam sich nicht mehr ein und zu Shivas Verdruss begannen nun auch noch Rick und Maybrit zu lachen. Oh, Shiva kochte vor Wut, doch die Anderen sollten nicht ungeschoren davonkommen. Nein, im Gegenteil. Sie schnaufte, ging ins kleine Lager, holte Eimer, Putzsachen und Mop, versteckte jedoch die Kartusche mit Schlagsahne in dem Eimer. Vorher schüttelte sie die Kartusche und kam dann zu der lachenden Gesellschaft zurück. Shiva hob den Mop hoch und so schnell konnten die Anderen gar nicht gucken, wie Shiva sie mit der Schlagsahne bespritzte. Rick,

Maybrit und Julia hörten erschrocken auf zu lachen und nun war es Shiva die lachte. Maybrit fand als erste die Fassung wieder, bückte sich und nahm Grütze vom Boden auf und warf sie auf Shiva. Kurz darauf war eine Grütze-Sahne Schlacht ausgebrochen und alle waren nun am Lachen. Am Ende sahen alle wie Shiva aus. Rot und lecker besprüht mit Sahne. „So Leute! Schluss jetzt!", rief Shiva und sie hielten alle inne. „Shiva hat recht. Es sieht fürchterlich aus." Kam von Maybrit, die ein schlechtes Gewissen hatte und sich sofort den Eimer schnappte, um Wasser und Putzmittel einzufüllen. Julia begann die Arbeitsflächen sauber zu machen und Shiva holte noch einen zweiten Eimer für den zweiten Mop. Rick half Julia, indem er sich um die Wände kümmerte, die zum Glück gefliest waren. So wurde sauber gemacht bis spät in die Nacht und als das Werk vollbracht war, fielen sie müde in ihre Betten.

„Lukas! Hast du schon etwas von Mike Slike gehört?", fragte Tony, doch er wurde enttäuscht. „Nein, nichts Tony. Ich habe ihm auf Band gesprochen, mit der dringenden Bitte uns zurück zu rufen." Tony nickte seinem Freund zu und rief dann: „So Leute! Wir können aufbrechen!" Die kleine Truppe von ungefähr zwanzig Mann, setzte sich in Bewegung und verließ das Revier. Das Sondereinsatzkommando hatte Tony ebenfalls eingeschaltet, denn er wollte kein Risiko eingehen. Wie dem auch sei. Sie alle fuhren auf die A7 in Richtung Hamburg, um sich dort mit dem Sondereinsatzkommando und den Kollegen der Autobahnpolizei Schleswig-Schuby zu treffen. Dort angekommen, wurde Tony gleich von dem dortigen Leiter begrüßt. „Tony Keller! Ist lange her!" Tony grinste den Mann an und meinte: „Henry Karlsen. Deine Leute scheinen dich tatsächlich zu mögen!" Henry grinste und ein paar seiner Beamten begannen zu kichern. „So wie es aussieht ja. Also ihr habt einen Hinweis bekommen, wegen der Rennen, die hier immer wieder stattfinden? Ich bin ebenfalls an der Sache dran, aber bis jetzt ohne Erfolg." Henry hatte ein ernstes

Gesicht und wandte sich kurz seiner blonden Kollegin zu. „Patricia, hole doch mal den Lageplan." Sie nickte Henry zu und verschwand im Gebäude. „Es war ein Zufall, dass wir wussten das heute so ein Rennen stattfinden soll. Ein weibliches Opfer hatte einen Zettel gut verstecken können." Henry sah ihn bestürzt an. „Es gibt also noch mehr? Wir haben vor knapp drei Wochen vier Frauen hier in der Nähe bergen müssen. Auf Übelste zugerichtet und das Wort „Pain" in den Rücken geritzt." Das kam Tony sehr bekannt vor. Lukas hatte sich zurückgehalten und meinte nun: „Sie wandern wohl. Nicht nur hier sind sie, sondern sie waren auch schon in Berlin und Hamburg!"

„Das ist richtig, aber diese Gruppe, die sich „The Pain" nennt, war ebenfalls auch schon in Dortmund und Frankfurt. Und ja sie wandern um nicht erwischt zu werden. Bislang weiß man auch noch nicht wie groß diese Motorradgruppe wirklich ist." Ein allgemeines Seufzen machte die Runde und kurz darauf reichte Patricia Henry den Lageplan. Er breitete ihn auf der Motorhaube von einem Dienstwagen aus und zeigte Tony und auch Lukas, wo diese Rennen stattfanden. „Sie fahren also fast bis nach Hamburg?" Tony kratzte sich nachdenklich am Kopf. „Leichtsinnig!" schnaufte Lukas und verschränkte die Arme vor der Brust. Sie unterhielten sich noch und gingen den Plan durch, bis dann endlich die Durchsage kam: „Acht sieben an Zentrale Schuby! Motorräder gesichtet!" Henry antwortete und wandte sich dann an Tony: „Es geht los!" Sofort sprangen sie in ihre Fahrzeuge und machten sich bereit. Sie hatten Zivilfahrzeuge gewählt, um nicht gleich gesehen zu werden, aber sie hatten auch ihre Dienstwagen. Die Jagd begann. Tony und Lukas fuhren schweigend auf die Autobahn und beobachteten alles im Rückspiegel. „Da kommen drei Stück Tony!" Tony nickte und setzte zum Überholen eines LKWs an und scherte aus. Wie erwartet rauschten die Motorräder heran und hinter ihnen auch zwei Zivilfahrzeuge der Kollegen. Gerade als Tony die Lampen anmachen wollte kam eine Durchsage. „Sind nicht die gesuchten.

Lasst sie vorbei!" Henry klang frustriert und Tony gab Gas um vor dem LKW einzuscheren. „Verdammt!" knurrte Lukas und Tony meinte: „Ganz ruhig mein Freund. Wir werden schon noch auf diese Bande treffen."

„Dein Optimismus kann glaube ich keiner schlagen," grinste Lukas und dann rauschten einige Motorräder vorbei. „Henry! Was ist los? Warum sagt ihr nichts?" fauchte Tony ins Funkgerät, bekam aber keine Antwort, außer einem Rauschen. „Sieht so aus als würden sie unsere Frequenz stören." Tony sah Lukas kurz säuerlich an und gab Gas. Blaulicht und Sirenen erfüllten die Autobahn. Die Verfolgung war in vollem Gang, als es zu einem Unfall kam. Ein Motorradfahrer von den „Pains" schnitt ein Kleinwagen, dieser wich natürlich aus und rammte dabei ein anderes Fahrzeug. „Verdammte Scheiße!" brüllte Tony ungehalten und alarmierte seine Kollegen. Da endlich der Störsender außer Reichweite war, denn Tony bekam sogleich eine Antwort: „Wir sichern ab Tony. Verdammt noch mal! Diese Bastarde!" Henry war sehr ungehalten. Tony und Lukas stiegen sofort aus, eilten zu den Fahrzeugen und befreiten eine junge Frau aus ihrem Auto. „Sind Sie verletzt?" fragte Lukas und half ihr sich auf die Leitplanke zu setzen. „Mir geht es gut soweit. Nur habe ich Kopfschmerzen," antwortete sie und Lukas sagte: „Das kommt von dem Schleudertrauma, aber das gibt sich wieder. Wir lassen Sie gleich in ein Krankenhaus bringen." Die junge Frau nickte und kuschelte sich in die Decke, die ihr ein Beamter reichte, der gerade eingetroffen war. Tony war bei dem zweiten Fahrzeug und half dabei den bewusstlosen Mann aus dem Auto zu befreien. Er war zum Glück nicht so stark eingeklemmt, dass sie hätten schweres Gerät haben müssen. Die A7 wurde für zwei Stunden auf eine Fahrbahn verengt, damit sie die beschädigten Fahrzeuge abschleppen konnten. Die junge Frau und auch der bewusstlose Mann wurden in ein Krankenhaus gebracht, um dort die Verletzungen behandeln zu lassen. Tony, Lukas und Henry standen derweilen am Rand und sahen zu, wie die Schrottwagen auf die

Abschleppwagen gezogen wurden. „Das ist doch alles Scheiße gelaufen!" fluchte nun Henry ungehalten und sah aus als würde er gleich dem nächstbesten der ihn ansprechen würde, eines auf die Nase geben. „Hat denn keiner die Kennzeichen aufgeschrieben, wenn der Funk schon gestört wurde?", fragte Lukas und Henry antwortete: „Doch sie wurden aufgeschrieben, aber als wir wieder Funkkontakt hatten und gleich nachgefragt hatten auf wen sie registriert sind, kam heraus, dass es getürkte Nummernschilder sind."

„Die nicht existieren. Irgendwie war das schon klar. Okay wir haben es eindeutig mit Profis zu tun die Frauen entführen und dann verkaufen oder bei diesen Rennen als Gewinn weggeben" sagte Tony und Lukas meinte: „Menschenhandel. Ich habe nicht gedacht das es bei uns so etwas geben würde, aber so wie es aussieht ist es wohl so." Alle drei waren sauer darüber das sie nicht die „Pains" Gruppe bekommen hatten. „Henry, einer der Motorradgruppe hatte einen Unfall!"

„Dann nichts wie los!" Tony, Lukas und Henry sprangen in Henrys Dienstwagen und fuhren auf direktem Wege dorthin, wo man den Verunglückten gefunden hatte. Henry stieg aus und ihm stand der pure Hass ins Gesicht geschrieben. Tony sah es ebenfalls und hielt Henry am Arm zurück. „Lass los Keller!" knurrte Henry bedrohlich, doch das beeindruckte Tony nicht. „Nein Henry. So wie du gerade drauf bist, lasse ich dich nicht zu dem Mann." Tony starrte Henry in die Augen. Es war wie ein Duell, doch Henry gab schließlich auf, rieb sich über das Gesicht und meinte: „Danke Tony." Tony nickte ihm zu und Lukas war schon bei dem Mann. Er kniete sich zu ihm und fühlte den Puls am Hals. Lukas schnaufte: „Solche Schweine haben auch immer Glück! Er ist nicht mehr unter uns!" Henry trat gegen die Leitplanke. „Lukas nimm ihm den Helm ab." Lukas öffnete den Halteriemen unter dem Kinn und zog dann, obwohl der Mann bereits tot war, ihm vorsichtig den Helm vom Kopf. Henry hielt sich die Hand vor dem Mund und Tony fühlte sich so, als würde ihm gleich das gesamte Essen vom Tag

auf der Stelle seinen Magen verlassen wollen. Selbst Lukas, der sonst immer die Fassung hielt, stöhnte auf und ließ den Helm fallen. „Das ist ja…" Henry fand keine Worte dafür. Der Mann hatte kein Gesicht mehr. Tony nahm vorsichtig den Helm hoch und sah das er von Innen zerrissen war. „Ich tippe mal auf eine Art Böller oder Feuerwerkskörper," sagte Tony und wandte sich dann an den Sanitäter, der gerade eingetroffen war. „Sie können gehen. Hier ist nichts mehr zu tun." Lukas hatte einen Leichenwagen bestellt und deckte den Toten mit einer schwarzen Folie ab. Auch den Beamten war die Bestürzung anzusehen. Sie alle hätten gerne die Motorradgang dingfest gemacht. Der Leichenwagen kam gegen halb zwei, verstaute den Toten im Sarg und fuhr diesen in die Gerichtsmedizin. Tony, Lukas und Henry fuhren zurück zu der ersten Unglückstelle, um den Wagen von Tony zu holen. Kurz darauf waren sie dann auf dem Revier der Autobahnpolizei in Schuby. Allerdings wartete dort jemand auf die Drei. „Entschuldigung, aber sind Sie Mister Keller?", fragte der Mann mit englischem Akzent und Tony antwortete: „Ja das bin ich. Und wer sind Sie?"
„Mike Slike mein Name. Lukas Schneider und auch mein Freund Rick Dark haben mir auf Band gesprochen und daraufhin habe ich Rick zurückgerufen. Er sagte mir, dass ich Sie auf der Autobahn finde und deswegen bin ich hergekommen." Er reichte Tony die Hand und Lukas stellte sich ihm schnell vor. „Angenehm Sie kennen zu lernen," meinte Mike und nun kam Henry dazu. „So, ich denke wir sollten nach Hause fahren." Ein allgemeines „Gute Nacht" war zu hören, ehe sich alle verabschiedeten. Zurück blieben nur Tony, Lukas und Mike Slike. „Sagen wir doch du!" schlug Tony vor und Mike war gleich einverstanden. „Ihr habt Probleme mit einer Motorradgang?" Tony nickte und Lukas sagte: „Ja sie hinterlassen zu viele Verletzte und inzwischen auch Leichen." Mike kratzte sich am Kopf und Pfiff durch die Zähne. „Wir sollten jetzt aber nach Hause fahren. Wir können nachher darüber sprechen. Hast du eine Unterkunft?" Mike schüttelte den

Kopf und zeigte auf den Rucksack auf seinem Motorrad. „Das ist meine Unterkunft. Wenn ich zelten darf bei euch? Ich glaube nicht, dass noch irgendein Campingplatz offen hat um drei Uhr morgens."

„Folge uns Mike. Natürlich kannst du ein Zimmer bei uns bekommen." Lukas lächelte ihn an und Mike meinte verlegen: „Danke. Das ist sehr großzügig, aber ich möchte gerne in meinem Zelt schlafen. Nur wenn ihr nichts dagegen habt."

„Nein ganz und gar nicht. Also folge uns." Mit diesen Worten stiegen Tony und Lukas in den Zivilwagen und Mike stieg auf sein Motorrad. Eine halbe Stunde später waren sie im **Seidenfeuer,** verschlossen das Tor und zeigten Mike, wo er sein Zelt aufschlagen konnte. Mit einem Wurf stand es und Mike machte es sich drinnen gemütlich. Tony und Lukas gesellten sich leise zu ihren Lieblingen und schliefen an sie gekuschelt ein.

Kapitel 6

Shivas Wecker klingelte um sechs. Sie wollte sich strecken, konnte jedoch nicht, da Lukas sie umschlungen hatte und vor sich hin schnarchte. Sie schnaufte frustriert und versuchte sich zu befreien. Lukas grunzte, ließ sie los und drehte sich um. Shiva setzte sich auf und fuhr sich durch die braunen Haare. „War wohl sehr spät geworden," dachte sie und stand leise auf. Kurz darauf stand sie unter der Dusche. Das warme Wasser half ihr immer richtig wach zu werden und als sie dann komplett fertig war, verließ sie die Wohnung um im „kleinen Saal" das Frühstück zuzubereiten. Kaum, dass sie die Tür hinter sich zu zog, fiel ihr das fremde Zelt auf. Es war ihr nicht geheuer. Sie ging noch einmal leise in die Wohnung, um sich ihren Nordic Walking Stock zu holen und hielt ihn kampfbereit fest. Eher schon krampfartig, da sie nicht wusste, wer das war oder wer darin wohnte. Sie schlich zum Zelt, doch sie hielt inne als sich jemand darin rührte. Komplett angespannt stand sie da. Der Reißverschluss wurde aufgezogen und dann kam jemand heraus, allerdings mit dem Hinterteil, weil derjenige noch etwas griff. Shiva erfasste ihre Gelegenheit und schlug mit dem Nordic Stock auf den Hintern desjenigen. „Au! Verdammt noch mal!" Brüllte ein Mann, verschwand im Zelt und Shiva fauchte: „Sofort rauskommen und wehe Sie machen zicken, dann gibt es gleich noch mehr!"

„Okay schon gut. Bitte beruhigen Sie sich!" kam es von innen und nun schaute jemand aus dem Zelt. Shiva stand noch immer angespannt da und durch das Adrenalin, welches durch sie hindurch jagte, war sie am Zittern. Jederzeit bereit erneut zuzuschlagen. „Ganz ruhig Miss. Ich werde Ihnen nichts tun," sagte der Unbekannte und Shiva wackelte bedrohlich mit dem Nordic Stock. Sie hörte gleich den englischen Akzent und fragte: „Wer sind Sie und was machen Sie auf meinem

Grundstück?" Der Mann hatte die Hände hochgenommen, um ihr zu zeigen, dass er unbewaffnet war. Ich bin Mike Slike und wurde von Tony und Lukas heute Nacht hierher eingeladen." „Mike alter Freund! Wie geht's? Und Shiva was machst du da?" ertönte Ricks Stimme vom Eingang des Zimmer Nummer 3. „Wonach sieht es wohl aus?" fragte Shiva sarkastisch und Rick musterte die Situation. Rick kam auf die beiden zu und legte sanft eine Hand auf Shivas Schulter. „Es ist alles okay Shiva." Sie schnaufte und ließ langsam die Arme runter und Mike atmete sichtlich erleichtert aus. „Ich muss sagen, Sie können ganz schön zulangen." Rick grinste und Mike verbeugte sich vor Shiva. „Dann sind Sie also dieser Undercover Cop aus England?" fragte Shiva und Rick unterdrückte ein Grinsen. „Ja ich bin dieser Cop!" Mike grinste und kratzte sich dann am Kopf. „Kann ich hier vielleicht irgendwo Duschen?" Shiva sah ihn an und hatte schon eine freche Antwort auf der Zunge, doch sie verkniff sich den Spruch. „Nimm doch den Gartenschlauch am Haus!" Shiva und auch Mike sahen Rick erstaunt an und Shiva wurde rot. Rick lachte los und meinte dann: „Nicht nur du hast freche Sprüche auf Lager Shiva."
„Rick du bist wirklich schlimm" sagte Mike und Shiva sagte dann: „Kommen Sie Herr Slike. Sie können bei uns duschen gehen und Rick du kannst das Frühstück machen!" Damit drehte sich Shiva um und ging voraus zu ihrer Wohnung. Mike fing an zu lachen, als er Ricks verdatterten Gesichtsausdruck sah, folgte dann Shiva und verschwand dann mit ihr in ihrer Wohnung. Dort führte Shiva ihn durch den Flur zum Badezimmer, welches neben dem Schlafzimmer lag. „So hier ist das Badezimmer und dort finden Sie Handtücher." Shiva zeigte ihm freundlich alles und verschwand aus dem Badezimmer. Mike sah sich um und grinste, als Shiva verschwunden war. Er rieb sich den Arsch, öffnete seine Hose und ließ sie herunter gleiten. Shiva hatte ihm einen dicken roten Streifen auf den Arsch gezaubert. Mike war ein durchtrainierter Mann. Nicht nur, weil er ebenfalls Polizist war, sondern weil er für sein Leben gerne in Fitnessstudios ging. Er

machte gerne Sport. Er hatte einen guten, aber nicht zu übertriebenen Bodybuilderkörper, den man gerne im Bett haben wollte. Er verzichtete auf diese ganzen Eiweiß-Power-Drinks, Powerriegel und Anabolika. Nein es sollte natürlich sein und nicht aufgeplustert wirken. Als Mike so unter Dusche stand und nachdachte, ertönte ein Schrei von draußen. Blitzschnell schlang er sich ein Handtuch um und rannte hinaus. Shiva umarmte gerade Julia und versuchte sie zu beruhigen. „Was ist denn passiert um Himmels Willen?!" Tony kam abgehetzt in den Hof, gefolgt von Lukas, der nur in Shorts kam. Tony hatte zumindest noch ein T-Shirt übergezogen, aber dafür hatte Lukas keine Zeit mehr gehabt. Julia war außer sich. „Hier war jemand! Ich weiß nicht wer..... Aber jemand war hier und hat durch das Tor gespäht!" stammelte Julia und Shiva hatte sie fest im Arm. „Beruhige dich Süße. Wir sind da." Damit hatte Shiva Recht. Sie waren alle da und auch Mike Slike, den Julia erst jetzt registrierte. Ihre Augen wanderten von Mikes Kopf bis hinunter zu den Füßen und wieder zurück, wobei ihr Blick auf der sexy Taille mit dem Handtuch haften blieb. Shiva musterte ihre Freundin und drehte sich ebenfalls um. „Wow. Sexy!" dachte Shiva, wurde rot und wandte den Blick zu Lukas, der sie belustigt und lüstern ansah. Der Blick sagte einfach nur „Du bist mein!" und das wusste Shiva auch und doch fand sie Mikes Körper irgendwie anziehend. Tony trat vor und sagte: „Wir kümmern uns darum. Vielleicht hat die Kamera etwas aufgenommen." Mike sah ihn an und schaute sich dann unauffällig um. Er sah einige Kameras und ging dann zu Tony. „Tony. Ich denke wir müssen mal reden und das am besten mit euren Mädchen!" Tony sah Mike an und verstand was er meinte. „Wir reden nach dem Frühstück." Mike nickte, Tony nahm Julia in den Arm und verließ mit ihr den Hof. Shiva wandte sich an Lukas und Mike. „Ich werde mich weiter um das Frühstück kümmern." Daraufhin war sie verschwunden. Lukas, Rick und Mike blieben allein zurück. Maybrit hatte nichts mitbekommen. Sie war schon in der Küche und war am Kaffee kochen. „Ich will nichts von Shiva," versuchte sich Mike gleich zu erklären, der leicht rot geworden war und Lukas brach mit Rick in Lachen aus. Mike sah sie etwas verwirrt an. „Mike, das weiß ich. Shiva schaut gerne mal, was ich natürlich auch mache, wie alle anderen Männer auch. Und glaub mir, es regt die Fantasien an." Lukas grinste nun und zwinkerte ihm zu. Rick klopfte Mike auf die Schulter und meinte: „Du solltest dich anziehen Mike, nicht das noch meine Maybrit auf dir landet." Nun musste Mike lachen und begab sich mit Lukas in Shivas Wohnung. Klar wollte er nicht im Handtuch frühstücken. Mike war schnell angezogen und begab sich dann zusammen mit Lukas zum „kleinen Saal", um dort zu frühstücken. Rick, Maybrit und Julia saßen schon am Tisch und waren in einem Gespräch vertieft. Naja eher Maybrit und Julia. Rick hörte eigentlich nur zu und rollte hin und wieder mit den Augen. Es ging um Mode und davon wollte Rick eigentlich nicht viel wissen. Mike lauschte und musste sich ein Grinsen verkneifen. Lukas gesellte sich zu Tony, der sich gerade zwei frisch aufgebackene Brötchen nahm und sich dazu Wurst, Käse, Marmelade und Honig auf den Teller legte. „Kurze Nacht," meinte Lukas nur und Tony brummte: „Ja leider. Also wenn ich diesen komischen Typen je erwische, der hier herumlungert, dem ziehe ich das Fell über die Ohren." Lukas konnte ihn nur zu gut verstehen. Er dachte nach und kam immer mehr zu dem Entschluss, dass Shiva eventuell etwas wissen könnte. Sie war recht merkwürdig geworden, als Julia erzählte, dass jemand versucht hatte zu Spannern. Lukas sah sich um, doch Shiva war wohl noch in der Küche. Tony setzte sich zu den Anderen an den Tisch und begann zu essen. Lukas schaute zur Küchentür, doch Shiva kam einfach nicht heraus. Er seufzte, stellte den Teller weg und ging in die Küche. Shiva stand an der Arbeitsplatte und legte gerade großzügig Mortadella, Salami und Schinken auf ein Tablett. „Ist alles in Ordnung Shiva?", fragte Lukas und trat an sie heran. „Alles bestens." Sagte sie und dekorierte die Wurstplatte noch mit ein paar Weintrauben. „Ich kenne dich inzwischen gut Liebling. Was ist los?" Shiva seufzte und drehte sich dann zu ihm um. „Mich nervt es langsam, dass irgendjemand hier herumstreunert. Dann auch noch das ganze Theater mit den Frauen, worum ihr euch kümmern müsst, es ist einfach schrecklich. Ich hätte nie im Leben gedacht, das man wirklich Frauen verkauft oder verspielt. Geschweige denn, dass man sie so zurichtet, dass sie Angst haben oder gar zu Tode kommen." Ja, er konnte Shiva verstehen. Es war einfach nur Scheiße und er wollte genau wie Tony dieser Gang das Handwerk legen. Lukas nahm Shiva in den Arm und meinte: „Ich verstehe das voll und ganz. Komm lass uns frühstücken." Sie sah ihm in die Augen und erkannte pure Liebe, Wärme und Zuneigung. Sie nickte, nahm das Tablett und zusammen gingen sie zu ihren Freunden. Shiva beobachtete Mike, der schallend am Lachen war und die Anderen mit angesteckt hatte. Shiva ahnte worüber sie lachten. „Julia musst du immer wieder alles ausplaudern?" Shiva klang amüsiert, anstatt genervt zu sein. Sie wusste warum Julia es angesprochen hatte, damit Shiva wieder etwas besser drauf war. So saßen dann alle zusammen und frühstückten ausgiebig, obwohl jeder wusste das der Alltag sehr schlimm war für einige Frauen. Julia und auch Shiva mussten dann zur Arbeit und so konnten sich die Männer unterhalten. Maybrit hatte den Auftrag bekommen, sich einfach mal zu entspannen und das tat sie auch. Erst machte sie es sich gemütlich auf dem Sofa mit einem dicken Buch. Harry Potter. Sie liebte diese Bücher und verschlang sie nun zum 6. Male. Erst als es Abend war lag sie entspannt in der Badewanne. Sie genoss es sichtlich und Rick verwöhnte sie, als er dazu kam. Was die Männer wohl alles besprochen hatten? Sie wusste es nicht und wollte es auch nicht wissen, aber sie wusste, dass sie in der Zwischenzeit Rasen gemäht und die Hecken geschnitten hatten. Maybrit kannte es gar nicht, dass Männer sich um den Garten kümmerten. Nein, ihr Vater kam meistens nach Hause von der Arbeit und kippte sich die Birne zu mit Whiskey, während sich ihre Mutter und auch sie selbst um alles gekümmert hatten. Umso mehr genoss sie jetzt die Aufmerksamkeit, die ihr Rick zukommen ließ. Selbst jetzt am Abend in der Badewanne.

Sie hatte ungeheure Angst vor ihm. Seit ihr Mann verstorben war, hatte er ihr tagtäglich aufgelauert und nun hatte er sie bekommen. „Bitte nicht!" flehte die Frau, doch der Mann lachte nur. „Doch meine liebe Hannah. Es wird dir gefallen und du wirst das tun, was ich dir sage, verstanden?" Unvermittelt schlug er zu. „Au... Kai, bitte tu mir nichts. Ich habe dir nichts getan." Kai lachte erneut und knurrte: „Nichts getan, glaubst du noch an den Weihnachtsmann? Du hast mir das Herz gebrochen." Das stimmte sogar, doch sie hatte es nicht bewusst getan. Kai hatte um sie geworben, ihr Geschenke gemacht, doch Hannah hatte sich für Frank entschieden und kurz darauf war sie mit ihm verheiratet gewesen. Vier glückliche Jahre hatten sie erlebt, doch dann kam das tragische Unglück. Frank war Fensterputzer gewesen und hatte aufgrund, dass er Hochhäuser als Objekte hatte, nicht schlecht verdient. Doch dann stürzte Frank vor einem halben Jahr von einem Hochhaus in der Stadt Schleswig. Es war ein Unfall gewesen, meinte zumindest die Polizei und sie konnten auch nichts Anderes feststellen, doch jetzt glaubte Hannah das nicht mehr. Sie vermutete das Kai dahinter steckte. Er kannte Frank immerhin von der Berufsschule die in Flensburg an der Exe lag. Frank hatte mit Kai zusammen Techniker gelernt und waren daher in derselben Klasse gewesen. Hannah war nebenan in der Schule gewesen und hatte eine Gesundheits- und Krankenpflegerin-Ausbildung gemacht.

„Komm mit!" fauchte Kai und zog Hannah hinter sich her. Es war schon später Abend und daher hatte niemand bemerkt, was auf der Straße gerade passiert war. Kai entführte Hannah und sie hatte einfach zu viel Angst, um sich bemerkbar zu machen. Sie wusste von Frank, dass Kai sehr jähzornig war und das kannte sie von ihrem Vater. „Komm jetzt! Ich habe nicht den ganzen Abend Zeit!" knurrte Kai und Hannah folgte so schnell wie sie konnte. Er verschleppte sie in sein Auto und fesselte Hannah zur Sicherheit, damit sie nichts Unüberlegtes tun konnte. Kai fuhr mit ihr irgendwohin. Sie konnte nicht erkennen wohin er sie brachte, da es dunkel draußen war. Kein Wunder, denn es war Neumond und zudem auch noch bewölkt. Endlich hielt der Wagen und Hannah wurde unsanft herausgezogen, doch sie wagte es nicht zu schreien. „Gutes Mädchen du lernst schnell," meinte Kai süffisant grinsend und zog sie hinter sich her in ein Haus. Dort stieß er Hannah unsanft auf das Sofa und riss ihr die Kleider vom Leib. „Bitte nicht!" flehte Hannah, doch stieß auf taube Ohren. „Schade das du keine Schwester hast. Die würde sich für meine Zwecke auch sehr gut eignen." Er machte seine Hose auf, zog sie aus und drang einfach in Hannah ein. Dabei hielt er ihr den Mund zu. Die Fesseln scheuerten Hannahs Handgelenke auf und sie fühlte nur noch den Schmerz. „Lass es schnell vorbeigehen," dachte Hannah und ihr liefen die Tränen. Nachdem er fertig war, ließ er sie erst mal auf dem Sofa liegen, während er sich frisch machen ging. „Gott sei Dank das er nicht weiß, dass ich doch eine kleine Schwester habe," dachte Hannah zwar erleichtert und hoffte das er es niemals herausfinden würde. „So meine Liebe. Geh dich waschen und du bist in zehn Minuten wieder hier und wehe wenn nicht. Ach ja fliehen kannst du nicht, die Fenster sind vergittert. Nur zur Sicherheit. Wir wollen ja nicht, dass dir etwas passiert." Kai lachte, schnitt ihr die Fesseln durch und brachte sie ins Bad. „Zehn Minuten, ich stelle die Eieruhr!" Sofort war Hannah im Bad verschwunden und stellte das Wasser an. „So eine verdammte Scheiße. Ich muss weg von hier," murmelte sie, seifte sich ein und fühlte sich einfach schmutzig. Sie war sogar noch vor der Eieruhr fertig und Kai wartete schon auf sie. Allerdings hatte er nun einige Gäste um sich. Instinktiv wollte sie sich verstecken, was Kai nicht zuließ. „Wage es nicht Hannah." Sie ließ die Decke fallen, die sie ergriffen hatte, weil Kais Ton so drohend war, dass ihr das Herz in die Hose gerutscht wäre, hätte sie eine angehabt. Die Männer starrten sie an als hätten sie schon lange keine Frau mehr gesehen und gaben abfällige Bemerkungen von sich. „Niedlich die kleine Schlampe."

„Dich werde ich in den Arsch ficken bis du um Gnade schreist." Hannah erbleichte, musste aber feststellen, dass sie nicht alleine war. Mit ihr zusammen waren noch drei Frauen in ihrem Alter und wurden ebenfalls angemacht was das Zeug hielt. Für Hannah begannen nun schreckliche Wochen und sie war froh, dass sie ihr Handy hatte fallen lassen, als Kai sie verschleppt hatte. Nicht auszudenken was er machen würde, sollte er feststellen, dass Hannah eine jüngere Schwester hatte.

„Ich habe eine Idee." Kai sprach zu allen die im Raum waren, sah aber Hannah dabei an. Du bist ja mein kleines Schmuckstück und ich werde dich heute noch für ein paar Stunden vergeben." Hannah sah ihn entsetzt an. Man hatte sie bereits mehrere Male geschlagen und vergewaltigt und nun sollte es sich an diesem Abend oder besser gesagt Nacht wiederholen. „Schweig still! Ich wähle drei Männer aus, die ein Rennen fahren. Der Gewinner darf sich von dem zweiten und dritten Mann einen aussuchen, der dich, meine Liebe beglücken darf." Kai drehte sich zu der Gesellschaft um und wählte drei aus. Sie grinsten und leckten sich über die Lippen. Oh Gott! Hannah wollte am liebsten sterben. „Nun gut. Es geht über die Landstraße von hier bis nach Jarplund und zurück. Wie gesagt, darf der Sieger einen wählen, mit dem er Hannah beglückt und macht was er will. Schaltet eure Sender ein für die Kontrolle und dann geht es genau jetzt los!"

Die drei Männer preschten zu ihren Maschinen. Jeder wollte der Schnellste sein. Doch es kam zu einer Rauferei. „Weg da Edgar!" „Schnauze Marcel!"

„Und Tschüss ihr Looser!" Der dunkelhaarige startete seine Maschine und donnerte aus den Wald. „Fuck! Felix darf nicht gewinnen!" Sie schubsten sich gegenseitig weg und stolperten zu ihren Maschinen. Sofort nahmen sie die Verfolgung auf. Es war kurz vor Mitternacht, als sie Felix eingeholt hatten und sich ein wildes Rennen lieferten. Felix schwenkte hin und her auf der fast leeren Straße, damit seine Konkurrenten nicht vorbeikonnten. Ein Auto kam ihm entgegen, machte Lichthupe und hupte wie verrückt und der Mann war am Schimpfen. Felix störte es gar nicht. Er zeigte dem Fahrer noch den Mittelfinger. Edgar und Marcel preschten hinter Felix hinterher. Eine kleine Unachtsamkeit von Felix wurde bestraft, denn Edgar donnerte an ihm vorbei. Felix ballte die rechte Faust und wedelte wie wild damit in der Luft herum. Edgar erreichte Jarplund und wendete, doch Felix machte schon vorher einen Schlenker und war somit wieder vor Edgar und Marcel. Natürlich waren beide Kontrahenten darüber sauer, dass Felix geschummelt hatte und folgten ihm umso schneller. Felix durchfuhr den Kreisverkehr in Tarp Schmedeby und schoss in den Wald hinein. Als Edgar und Marcel ankamen, war Felix am Grinsen. Kai trat zusammen mit seinem Stellvertreter Mark Dirksen auf den Sandplatz vor dem Haus.

„So meine Herren. Ihr seid also wieder da und wie ich sehe war Felix erster." Kai sah alle drei an. Marcel wollte etwas sagen, doch dazu kam er nicht, denn Kai sprach bereits weiter. „Allerdings muss ich feststellen, dass du Felix mein Freund geschummelt hast." Felix entwich die Farbe aus dem Gesicht. „Ich war erster hier!" protestierte er, doch Kai meinte: „Mag sein, aber ich und auch Mark haben euch auf dem Monitor verfolgt und du Felix bist noch vor Jarplund umgekehrt. Ich sagte euch, dass ich euch beobachten werden, da ich niemanden ständig hinterherschicken kann. Also steht der Sieger fest. Es wird Edgar sein, da er genau wie Marcel sich an die Regeln gehalten hat. Du kannst aber Ellena bekommen, als kleines Trostpreis, aber denke dran sie verschwinden zulassen." Ellena war eine kleine rundliche Frau von ungefähr 27 Jahren, nicht ganz so groß und so mancher Mann würde diese Art von Frau als eher unsympathisch oder unsexy erachten. Felix schnaufte, schnappte sich Ellena, die total verängstigt von einem Mann festgehalten wurde und zerrte sie mit zu seinem Motorrad. Dann verschwand er mit ihr in der nun langsam heller werdenden Nacht. „Hier und viel Spaß mit Hannah. ABER ich will sie wiederhaben!" Kai stieß Hannah zu Edgar, der grinsend seinen Freund Marcel ansah und sie fuhren dann zu Edgar nach Hause. Er wohnte zum Glück nicht weit weg. Ganz in der Nähe war ein altes Bauernhaus welches Edgar bewohnte und so tobten sie sich an Hannah aus bis der Tag anbrach.

Marie war außer sich. „Nun geh doch endlich ans Handy!" fauchte sie und wählte zum zehnten Mal die Nummer ihrer Schwester Hannah. „Hannah Mai. Ich bin grade nicht zu erreichen. Hinterlasse eine Nachricht, ich rufe zurück." Ertönte es und Marie sagte unwirsch: „Wäre schön, wenn du dich mal melden würdest Schwesterherz. Ich mache mir langsam Sorgen. Marie!" Marie fuhr sich durch ihre blonden kurzen Haare. „Ich bring sie um." Fauchte sie ungehalten und machte ihre Freundin aufmerksam. „Wen?" Wollte sie wissen. „Meine Schwester. Ich bekomme sie schon zwei Wochen nicht zu packen. So langsam mache ich mir Sorgen." Meinte Marie und zog an ihrer Igelfrisur. „Es bringt aber nichts, wenn du dir die Haare ausreißt. Sie wird sich schon melden. Vielleicht hat sie einen Neuen."
„Das glaube ich nicht. Das hätte sie mir sofort erzählt. Seit Frank tot ist, hatte sie noch keine neuen Bekanntschaften." Meinte Marie und wurde gemustert. „Eigenartig. Wenn du dir solche Sorgen machst, fahre doch zu ihr und siehe nach." Marie drückte ihre Freundin an sich und sagte: „Ja das werde ich machen, bis dann." Und weg war Marie mit ihrem Motorrad. Ihre Freundin stand etwas irritiert da und fing dann an zu grinsen.
Als Marie jedoch bei ihrer Schwester ankam, sah sie gleich, dass sie nicht da gewesen war, denn der Postkasten quoll über. Marie ging zur Haustür und klingelte trotzdem. Keine Reaktion. „Die Frau Mai ist schon länger nicht mehr hier gewesen." Marie drehte sich zu der Stimme herum. Eine ältere Dame hatte sie angesprochen. „Wissen Sie, wann Sie Frau Mai das letzte Mal gesehen haben?", wollte Marie freundlich lächelnd wissen und bekam auch Auskunft. „Das muss vor ungefähr zwei oder drei Wochen gewesen sein. Ich glaube sie hat einen Neuen …..wie sagt ihr immer …Lover." Marie lächelte die Dame an und bedankte sich

bei ihr. Die Dame ging in ihre Wohnung und Marie machte sich auf den Weg in die Stadt Flensburg. Sie wollte eine Vermisstenanzeige aufsetzen. Sie ahnte ja nicht, dass ihre Schwester Schwierigkeiten hatte.

In Flensburg war die Hölle los und Marie stand an der roten Ampel am Deutmanns Haus. „Warum müssen alle auch unbedingt jetzt in die Stadt zum Einkaufen?!" knurrte Marie in ihrem Motorrad Helm und spielte mit dem Gas. Allerdings wurde sie missbilligend angesehen von dem Fahrer eines Porsche. „Nicht aufregen!" ermahnte sich Marie und die Ampel sprang um. Sofort gab sie Gas und preschte zusammen mit dem Porsche über die Kreuzung. Der Mann war am Fluchen, als er bemerkte, dass sein Fahrzeug nicht das hergab was er wollte. Marie war weg. Sie fuhr schnurstracks in das Parkhaus von Rabattstadt und stellte ihre Maschine im dritten Stock ab. Den Helm verstaute sie im Top Case und machte sich dann auf den Weg zum Polizeirevier. Sie klingelte, als sie vor der Tür stand und der Summer wurde betätigt. Marie riss schon förmlich die Tür auf und stürzte hinein. „Langsam junge Frau!" Marie fand sich in den starken Armen von Mike Slike wieder, der gerade mit Tony und Lukas gesprochen hatte, was den Fall „Pain" anging. „Ich…. Es tut mir leid!" Marie stotterte und wurde rot wie eine Tomate. „Kann passieren. Schönen Tag noch Miss." Mike ließ sie grinsend los und verschwand. Marie stand etwas verwirrt in der Wache und wurde von mehreren Beamten gemustert, ja schon fast neugierig beäugt. Sie holte tief Luft und begann den Satz: „Ich möchte eine…" doch weiter kam sie nicht, denn auf einmal brüllte eine andere Frau, die hereinkam: „Vermisstenanzeige und zwar jetzt!" Marie stand da und drehte sich zu der Frau um. „Ist was!?" fauchte diese ungehalten und Marie meinte frech: „Ja allerdings! Ich war zuerst hier, also warten Sie gefälligst!" Marie drehte sich zu dem Beamten um und wollte gerade ihre Frage stellen, als sie von der Frau am Arm gepackt, herumgedreht wurde und eine knallharte Ohrfeige bekam. Marie hielt sich nicht mit großen Worten auf, sondern knallte der Frau ebenfalls eine. „Schlampe!" Und die beiden Frauen fetzten sich, dass nur so die Haare flogen. Drei Beamte mussten dazwischen gehen. „Was ist denn hier los?" polterte Tony, der auf das Geschrei und den Tumult aufmerksam geworden war und aus seinem Büro kam. Lukas stand hinter ihm und sah beide Frauen vernichtend an. Die Frau, die festgehalten wurde, wollte gerade etwas erwidern, doch Tony sagte: „Ich habe meine Beamten gefragt und nicht Sie!" Sie verstummte augenblicklich. Ein Polizist hielt Marie am Arm fest, und sah zu Tony, der ihm zunickte. Er ließ Marie los und erklärte ihm was passiert war. Tony nickte nur und meinte: „Kommen Sie doch bitte in mein Büro!" Er hatte sich an Marie gewandt, weil sie nicht die geringste Gegenwehr gezeigt und auch im Allgemeinen kein aggressives Auftreten hatte. „Was soll das!?" fauchte die Frau, die noch immer von zwei Beamten festgehalten wurde. „Sie war zuerst hier und daher kommt die junge Frau auch als erste dran. Und Sie werden sich hier hinsetzen und sich ruhig verhalten, ansonsten können Sie gerne eine Zelle von innen bewundern!" Mit diesen Worten ließ er die aggressive Frau zurück an der Information. Doch er beobachtete, wie sie sich dann setzte und vor sich hin grummelnd wartete.

„Bitte setzen Sie sich Frau…"

„Marie Mai!"

„Frau Mai. Was können wir für Sie tun?" Lukas trat heran und reichte ihr ein Glas Wasser. „Danke. Ich möchte eine Vermisstenanzeige aufsetzen." Tony wurde hellhörig und Lukas ebenfalls. „Wen möchten Sie als vermisst melden?" Tony beugte sich nach vorne und stützte sich mit den Ellenbogen auf dem Tisch ab. Lukas hatte sich neben ihm an den Tisch gelehnt und hatte etwas zu schreiben da. „Meine Schwester Hannah Mai. Ich versuche sie schon seit gut zwei Wochen zu kontaktieren und war auch schon bei ihr vorbeigefahren, aber sie war nicht zu Hause."

„Könnte es vielleicht sein, dass Ihre Schwester in Urlaub gefahren ist?" wollte Tony wissen und Marie fuhr sich durch die Igelfrisur.

„Nein das ist sie nicht. Sie hätte mir Bescheid gesagt wegen der Post. Wissen Sie, meine Schwester wohnt in einer kleinen Mietswohnung hier in der Nähe und der Postkasten ist nun mal sehr klein."

„Er quillt also schon über?!" Es war mehr eine Feststellung als eine Frage, doch Marie nickte. „Gut Frau Mai. Bitte füllen Sie dieses Formular in Ruhe aus und geben es gleich einen meiner Beamten." Tony lächelte sie an, reichte ihr die Hand und gab ihr dann das Formular. „Vielen Dank." Marie war erleichtert das sie ernst genommen wurde und verließ das Büro. Tony und Lukas sahen sich an und nickten. Sie brauchten keine Worte um sich zu verstehen. Kurz darauf wurde die andere Frau hereingebeten. Marie füllte das Vermisstenformular aus und gab es dann Herrn Kramer. Mit einem „Danke" verließ Marie das Revier und stand noch kurz vor der Tür und schaute zum blauen Himmel auf.

Felix, der ja nur Ellena als Trostpreis für sein Mogeln bekommen hatte, trat gerade durch die Tür in seinem Keller. Ellena lag blutverschmiert auf einer Decke. Angebunden wie ein Hund. Den Knebel, den Felix ihr verpasst hatte, war hinter dem Kopf verschlossen. Den Schlüssel hatte er in der Hosentasche. Die Kette, an der er sie gebunden samt Halsband hatte waren mit kleinen Vorhängeschlössern versehen. Ellena hatte keine Chance zu entkommen. Als sie ihn sah, duckte sie sich und wimmerte in den Knebel. „Ruhe!", brüllte Felix sie an und trat ihr gegen die Seite. Sie quiekte auf und fiel auf die Seite. Wieder trat er zu, genau auf den Brustkorb. Es gab ein hässliches knackendes Geräusch und Ellena röchelte. „Och hat das etwa wehgetan? Das tut mir aber leid." Felix hockte sich zu ihr und streichelte ihr ganz zart über das blutverschmierte Gesicht. Dann packte er sie am Arm und zog sie auf die Füße. Tränen rannen Ellena über das Gesicht. Er fasste ihr in den Nacken und sagte: „Weißt du Ellena… Ich habe nichts gegen Frauen, aber du bist für meinen Geschmack einfach zu… dick. Ich hasse dicke Frauen. Zum Vögeln reichst du nicht." Mit diesen Worten schlug Felix ihr den Kopf an die Wand. Immer und immer wieder, bis er sie einfach losließ und sie tot zu Boden fiel. Felix verließ den Raum, begab sich in die Küche und steckte sich eine Zigarette an. Dann nahm er ein Küchenmesser zur Hand, kehrte in den Keller zurück und drehte die tote Ellena, die anscheinend die Decke angestarrt hatte, auf den Bauch, nur um ihr dann „The Pain" in den Rücken zu schneiden. Danach löste Felix den Knebel, nahm Halsband und Kette ab, an der sie festgebunden war und trat noch einige Mal wie von Sinnen auf die Leiche ein. Es knackte mehrere Male und Blut floss aus Wunden, die die Knochen in der Haut verursacht hatten. Er würde sie erst in der Nacht entsorgen und solange wollte er es sich gemütlich machen auf dem Sofa und anschließend noch ins Schwimmbad fahren um in der Sauna zu Relaxen.

Kapitel 7

Tony und Lukas fuhren am Abend ins **Seidenfeuer**. Sie waren erschüttert gewesen, denn noch am gleichen Tag, als Marie ihre Anzeige aufgegeben hatte, waren noch vier weitere Leute gekommen, um eine Vermisstenanzeige aufzugeben. Sie schwiegen auf dem Weg nach Hause. Als sie auf den Hof fuhren, sahen sie Shiva und Julia, die gerade zum „kleinen Saal" hinüber schlenderten. Sie hörten Tonys Volvo V60, drehten sich zu ihnen um und warteten auf sie. „Die beiden sehen nicht so glücklich aus," bemerkte Julia und Shiva nickte. Tony und Lukas stiegen aus und kamen langsam auf die Mädels zu. „Na ihr Beiden," begrüßte Tony sie und Lukas nahm Shiva wortlos in den Arm. „Hallo Darling. War wohl anstrengend heute für euch!" bemerkte Julia und Tony legte einen Arm um Julias Schulter, um mit ihr in die gemeinsame Wohnung zu gehen. Lukas blieb mit Shiva zurück. „Was ist los Lukas?" fragte Shiva besorgt und Lukas sah sie etwas ermattet an. „Es war einfach nur ein beschissener Tag. Es wurden sechs Vermisstenanzeigen aufgegeben." Shiva sah ihn erschüttert an und wollte was sagen, aber kam nicht dazu, da Lukas ihr den Finger auf den Mund legte und ihr einen Kuss auf die Stirn gab. Dann begab er sich in die Wohnung und Shiva stand etwas verlassen auf dem Hof. Sie seufzte und schlenderte rüber zum „kleinen Saal". Dort fing sie an aufzuräumen. Währenddessen dachte sie nach. Er hatte sie noch nie so stehen lassen, selbst wenn er einen beschissenen Tag hatte. Shiva war in Gedanken vertieft, als Lukas auf einmal von hinten an sie herantrat und sie umklammerte. Damit sie nicht schrie, hielt er ihr den Mund zu. Sie wehrte sich erst, doch dann meinte er leise: „Ich liebe dich!" Sie hielt inne und beruhigte sich langsam. So ein Mistkerl! Hatte sie doch tatsächlich fast zu Tode erschreckt. Bevor Shiva etwas sagen oder gar beschweren konnte, verschloss Lukas ihren Mund mit seinem. Der Kuss war voller Leidenschaft. Feuer und Flamme zeigte er und drückte dabei Shiva rücklinks gegen die Wand, hob sie hoch und sie schlang ihre Beine um seine Hüften. So hatte er sie schon lange nicht mehr geküsst. So leidenschaftlich! So besitzergreifend! Er hielt inne, sah in ihre Augen und Shiva erkannte pure Lust darin. Vergessen war die Erschreckaktion. Noch immer hielt er Shiva um die Hüften gegen die Wand gedrückt und schob seinen Oberkörper etwas nach hinten, um besser mit der rechten Hand unter ihr Shirt zukommen. Seine warme Hand umschloss Shivas linken Busen und begann ihn sanft zu kneten. Shiva keuchte auf. Er grinste sie frech triumphierend an und fing an ihren Nippel zu zwirbeln. Erst sanft, dann langsam fester werdend. „Oh Gott, Lukas!" entfuhr es ihr, denn er kniff einmal richtig zu. „Wie war das meine kleine Sub?" Seine Stimme war streng und belegt vor Lust.

Sie hatte leichte Tränen in den Augen, als er an ihren Nippel zog, doch Shiva sagte reumütig: „Es tut mir leid, ich meinte natürlich Master Lukas." Er lächelte und küsste sie. Dann ließ er sie herunter gleiten, dass sie wieder auf dem Boden stand, hatte aber dennoch seine Hand unter ihrem Shirt. „Hände über den Kopf" befahl Lukas sinnlich und doch streng. Sie gehorchte. Er wanderte mit der zweiten Hand unter ihr Shirt und umfasste nun beide Brüste. Shiva schloss die Augen, keuchte und genoss seine Zuwendung. Während er ihren vollen Busen knetete und die Nippel zwirbelte, küsse er ihren Hals entlang und wieder zurück zum Mund. Shiva blendete alles um sich herum aus, ließ sich fallen und treiben. „Ich bin stolz auf dich!" flüsterte Lukas zwischen seinen Küssen und Shiva freute sich innerlich. Antworten konnte sie gerade nicht, zu sehr war sie damit beschäftigt seine Liebkosungen ein zu saugen. Lukas zog ihr das Shirt über den Kopf aus und öffnete ihren BH. Beides ließ er zu Boden fallen und küsste sie dann wieder vom Hals beginnend in Richtung Bauch. Shiva hielt noch immer die Hände über den Kopf, stöhnte leise und Lukas öffnete ihre Hose, zog sie unendlich langsam nach unten zu den Füßen. Das gleiche machte er mit ihrem String. „Du bist bezaubernd!" Lukas küsste sie leidenschaftlich, als er sie dann hochhob und zur Kommode hinübertrug. Es war eine dieser BDSM Spiel-Kommoden, die sehr stabil waren und dort legte er Shiva sanft darauf. Immer wieder küsste er sie. Öffnete eine Schublade und zog eine Augenbinde hervor. Shiva sah ihn an. „Keine Angst. Es wird dir gefallen." Er raubte ihr die Sicht und hielt dann ihre Handgelenke besitzergreifend fest. „Ich liebe dich." „Ich dich auch Master," flüsterte Shiva und ließ ihn gewähren. „Ich werde dich jetzt fesseln, aber nur die Hände, okay?" Lukas vergewisserte sich, dass sie ihn verstanden und keine Angst hatte. „Ja Master." Er lächelte und legte ihr erst die eine Handfessel um und dann die andere. Die Fesseln waren lila und gepolstert, damit man sich nicht verletzte. Die Hände zog er ihr sanft über den Kopf und befestigte die Fesseln an der Kommode. Sie lag nun fast gestreckt darauf und Lukas betrachtete Shiva. Sie hatte ein kleines Bäuchlein, schöne große Brüste und ihr Arsch war eine Augenweide. Ganz sanft strich er ihr über den Bauch und flüsterte lustvoll: „Du siehst hinreißend aus, meine kleine Sub." Er konnte nicht wiederstehen und nahm eine Brustwarze in den Mund. Shiva keuchte auf und bog den Rücken durch, um sich ihm entgegen zu schieben. „Du bist ungezogen Kleines, so gierig!" Lukas´ Stimme war dunkel und voller Unheil und genau das machte Shiva an. Er zwirbelte ihre Brustwarzen abwechselnd und Shiva stöhnte, keuchte und flehte: „Bitte Master, ich möchte kommen!" Er lachte leise und meinte: „Noch nicht Kleines. Ich möchte dich erst noch schmücken." Shiva dachte nach was er vorhaben könnte. Sie hörte wie er eine Schublade öffnete und etwas herausholte. Er legte es auf ihren Bauch und sie quiekte erschrocken auf, weil es kalt war. „Scht Kleines!" Sie presste die Lippen aufeinander, obwohl sie fragen wollte was es war. Lukas nahm ein Ende hoch und ließ es dann sanft über ihren Bauch gleiten. „Bitte Master! Ich habe Angst!" Shivas Stimme war kaum mehr als ein Flüstern und Lukas sagte leise: „Habe keine Angst. Es sind die Nippelklemmen die wir zusammen ausgesucht haben." Jetzt wusste sie, welche es waren.

Es war die Nippelklemmenkette in lila und mit Schrauben, um die Intensivität zu regulieren. „Ich werde vorsichtig sein. Vertraust du mir?" Shiva holte tief Luft und antwortete: „Ich vertraue dir." Er lächelte, was sie leider nicht sehen konnte, aber er gab ihr einen sanften Kuss auf die Stirn. Ganz langsam befestigte er eine Klemme an der rechten Brustwarze. Immer wieder fragte er, ob es zu ertragen wäre und er freute sich, dass Shiva ihm vertraute und auch immer mit ja antwortete. Als sie „Stopp" sagte, gab er ihr einen Kuss. Genau das gleiche machte er mit der zweiten Brustwarze. Nun lag die Kette auf ihrem Bauch und die Nippel waren geschwollen und gefangen. Lukas küsste ihren Busen, dann den Bauch entlang zu ihrem Intimbereich. „Ahhh!" keuchte Shiva, als er gegen ihre geschwollene Lustperle pustete und anschließend darüber leckte. Dabei streichelte er ihre Beine und kniff ihr auch zwischendurch in den Po, nur um ihr ein qualvolles Quietschen zu entlocken. Er lachte leise und konnte sich nur schwer zurückhalten sie nicht auf der Stelle zu nehmen und zu lieben. „Ich nehme jetzt den Flogger! Du wirst es genießen!" Oh ja, dass würde sie und das wusste sie auch. Mit leichten Schlägen überzog Lukas ihren Körper. Shivas Haut reagierte mit einer Gänsehaut und sie stöhnte vor sich hin. Es tat nicht weh, es gab einfach nur ein prickelndes Gefühl und Shiva genoss es. Sie war kurz vor dem Höhepunkt und das wusste auch Lukas. Er hörte auf und sagte: „Ich möchte dich an etwas Neues heranführen. Keine Angst, es wird nicht weh tun. Vertraue mir." Shiva nickte und zitterte vor Erregung. Lukas holte einen ganz kleinen Plug aus der Schublade und auch Gleitgel. Nachdem er den Plug mit Gleitgel eingerieben hat, setzte er ihn ganz vorsichtig an ihren Hintereingang. Erschrocken keuchte sie auf und presste reflexartig die Backen zusammen. Er lachte leise und streichelte über ihre Beine um sie wieder zu entspannen, was auch gelang. Ganz vorsichtig bewegte Lukas den Plug vor und zurück, bis dieser dann an Ort und Stelle saß. Shiva gab ein erleichtertes Geräusch von sich und lächelte. Lukas leckte nun sanft über ihre Perle und sie stöhnte auf. Noch bevor sie etwas sagen konnte, hörte sie schon, wie er seine Hose öffnete und sich ihrer entledigte. Er zog Shiva ein Stück zum Ende der Kommode und drang dann ganz langsam in sie ein. Lukas wollte sie nicht überfordern. Immerhin war es das erste Mal, dass etwas in ihrem Anus steckte. „Oh Gott, das fühlt sich gut an!" keuchte Shiva und Lukas küsste ihren Busen, nur um dann sanft an der Nippelkette zu ziehen. Shiva bog den Rücken durch, stöhnte und keuchte. Sie ließ sich noch mehr fallen und Lukas liebte sie erst sanft, aber dann immer besitzergreifender. „Bitte etwas fester!" flehte Shiva und Lukas tat ihr den Gefallen. Er zog etwas fester an der Kette und sie sprang, genau wie er, über die Klippe des Höhepunktes. Sie riefen ihre Lust in den Raum. Lukas löste die Klemmen. Eine nach der Anderen und Shiva wand sich unter ihm vor Qual und Lust. Er schob ihr die Augenbinde nach oben und sah in ihre nassen Augen. „Ich liebe dich. Es war wunderschön" sagte Shiva und Lukas lächelte sie an. „Ja das war wundervoll, Kleines. Ich werde dir noch eben den Plug entfernen." Sie nickte und entspannte sich. Als er den Plug entfernt hatte, löste er ihre Fesseln und half ihr sich aufzusetzen. Erst jetzt bemerkte sie das sie nicht ganz alleine gewesen waren, sondern Tony und auch Julia hatten zugesehen. Julia reichte Shiva ein Glas mit verdünntem Apfelsaft und Shiva lächelte Julia glücklich an. Sie hatte inzwischen kein Problem mehr damit, dass ihre beste Freundin und Freund dabei zusahen. Tony lächelte Shiva an und drückte sie dann an sich. „Ich bin beeindruckt Shiva. Deine Hingabe ist genauso wundervoll, wie die von Julia."

„Danke Tony." Shiva klang doch etwas traurig. „Was ist los Süße?", wollte Julia wissen und Shiva seufzte. „Ich möchte jetzt nicht darüber reden, bitte." Julia akzeptierte ihre Entscheidung und auch Tony und Lukas beließen es dabei. Lukas hingegen ahnte, was Shiva bedrückte. Er würde sich später mit Shiva darüber unterhalten, wenn sie den Mut dazu aufbringen würde. Shiva zog sich wieder an und auch Lukas, denn nun war es erstmal an der Zeit sich um das Abendessen zu kümmern und das wollten sie ja nun nicht nackt machen.

Dadurch das sie mitten in der Woche keine Gäste da hatten, aßen sie alle zusammen. Mike und Rick waren in ein Gespräch über alte Zeiten vertieft. Tony und Lukas sprachen über die Anzeigen, die aufgegeben wurden und die drei Mädels unterhielten sich darüber, wie teuer der neue Laden im Pitty Park war. Irgendwann, niemand hatte auf die Zeit geachtet, stand Rick auf und kam zu den Mädels an den Tisch. Er flüsterte Maybrit etwas ins Ohr und selbst Shiva und auch Julia fiel auf, dass sie sich etwas verkrampfte, aber auch Interesse zeigte. Natürlich hatte das die Neugierde der Beiden geweckt und Rick grinste sie frech an, während er mit einer Hand in Maybrits Ausschnitt verschwand. Maybrit quietschte auf und wurde rot wie eine Tomate. Shiva wollte nicht zusehen oder doch? Verdammt! Sie wandte den Blick ab, doch Julia sah fasziniert zu. Tony, Lukas und auch Mike sahen dem Treiben zu, wobei Lukas Shiva beobachtete und merkte das es ihr zu schaffen machte. Er würde mit ihr reden müssen.
Rick zog nun Maybrit das T-Shirt aus und befreite ihren kleinen Busen aus dem Sport BH. Maybrit hatte das Gefühl noch dunkler zu werden, wurde aber immer erregter. Sie wollte es nicht zugeben, dass es sie anmachte Zuschauer zu haben. Julia rutschte schon unruhig auf ihrem Stuhl hin und her, was Tony ein Grinsen entlockte. Mike sah nachdenklich aus, aber es täuschte. Rick liebkoste Maybrit, küsste sie sanft und leidenschaftlich, während er sich mit ihren hübschen kleinen Brüsten beschäftigte. Er zupfte an ihren Nippeln und entlockte Maybrit ein Keuchen. Tony begab sich zu Julia und umarmte sie. Sie war nervös, erregt und wollte auch, dass wusste Tony, doch jetzt war es Maybrit die Zuwendung bekam und Julia musste sich gedulden. Shiva schielte zu Maybrit hinüber und dachte sich: „Oh Gott! Ich finde es erregend." Sie wurde rot. Maybrit war inzwischen von Keuchen in leises Wimmern übergegangen und dann lag sie auch schon mit dem Rücken auf dem Tisch. „Keine Angst!" flüsterte Rick und zog ihr

seelenruhig den Rock und die Panty aus. Rick sah auf Maybrit herab, die rot war und sich doch hingab. Er lächelte, schaute auf und nickte Mike zu. Dieser verschwand kurz in der Küche und kam mit Schlagsahne wieder. Rick raubte Maybrit die Sicht und sie erzitterte vor Erregung und Angst. Erst als sie das Geräusch der Schlagsahnedose hörte, war sie erleichtert. Rick verzierte sie mit Sahne und stellte die Dose weg. „Bezaubernd hergerichtet!" lobte Tony. Lukas, der Shiva inzwischen auf seinem Schoß genommen hatte meinte: „Ja zum Anbeißen!" Shiva funkelte ihn an und flüsterte: „Untersteh dich!" Lukas grinste und meinte gelassen: „Du würdest dich gut daneben machen." Shiva erstarrte und wurde blass, doch sie schaffte es, nicht aufzuspringen und fluchtartig den Raum zu verlassen. Rick nickte Mike zu. Mike schaute die hinreißend sahneverzierte Maybrit an und dann beugte er sich zu ihren linken Busen herunter. Er begann daran zu lecken mit kreisen. Rick tat es ihm gleich und Maybrit stöhnte lustvoll auf und wand sich. Julia schmiegte sich an Tony und Shiva war verkrampft, aber dennoch fasziniert von der Situation. Maybrit genoss es verwöhnt zu werden und es störte sie auch nicht mehr, dass sie Zuschauer hatte. Sie wusste auch, dass sie von zwei Männern verwöhnt wurde und das machte sie noch mehr an. Rick schob einen Finger in ihr nasses Geschlecht und Maybrit keuchte auf, gierte nach mehr. Rick grinste und Mike zupfte Maybrits Nippel unerbittlich und zauberte einen sehr hübschen Orgasmus herbei. Maybrit zitterte und atmete schnell, doch Rick ließ nicht von ihr ab. Nein. Er machte seine Hose auf und Mike trat zur Seite, damit Rick Platz hatte seine Angebetete zu lieben. „Mach weiter Mike!" sagte Rick lustvoll, während er sich in Maybrit schob und Mike nahm erneut eine Brustwarze in den Mund und massierte die andere mit der freien Hand. Rick genoss es genauso wie es Maybrit und Mike taten. Tony, Julia, Lukas und Shiva sahen zu und verhielten sich ruhig. Der Raum war erfüllt von Liebe, Macht und Sex. Rick knurrte seinen Höhepunkt in den Raum und Maybrit schwebte förmlich auf Wolke sieben. „Danke mein Engel! Es war einfach wunderbar." Rick küsste Maybrit und die anderen zogen sich diskret zurück. Für Shiva war es faszinierend, aber auch verstörend gewesen. Sie hatte zwar inzwischen keine Scheu mehr davor, dass Julia und Tony dabei waren, aber andere Leute oder gar Fremde, damit konnte sie einfach noch nicht umgehen und hatte Panik davor. Das würde sie aber noch Lukas sagen müssen, nicht, dass es noch Streit geben würde, sollte es mal soweit sein. So verging der Abend und sie begaben sich alle in ihre vier Wände.

Einige Tage später.
Schreie ertönten im Haus und doch konnte niemand sie hören. Das Haus war in einem Wald bei Schmedeby versteckt und da ging kaum jemand spazieren. Hannah saß zitternd, eingeschüchtert, weinend und nackt in einer Ecke von dem Raum, wo Kai sie eingesperrt hatte. Was würde passieren? Sie hatte wahnsinnige Angst vor ihm. Immer mehr fürchtete sie, dass er ihr nach dem Leben trachtete. Hannah stand auf und schaute zum Fenster hinaus, welches vergittert war, wie in einem Gefängnis. Vögel waren hin und wieder zu hören, was Hannah deprimierend in der Situation fand. Sie wünschte sich, es hinter sich zu haben.
Die Tür wurde aufgerissen und Hannah konnte einen Aufschrei nicht verhindern. „Komm mit!" blaffte Kai, packte Hannah hart am Arm und zog sie hinter sich her. „Bitte nicht Kai, lass mich bitte gehen, ah!" Kai hatte ihr ins Gesicht geschlagen und Hannah verstummte augenblicklich. „Du glaubst doch nicht im Ernst, dass ich dich laufen lasse! Du hast mich weggestoßen und jetzt werde ich mich dafür erkenntlich zeigen." Kai starrte ihr wie ein Irrer in die Augen. Sie ahnte, dass es kaum Chancen gab, heil aus dem Schlamassel heraus zu kommen. Er zog sie in den Keller, um seine Kumpel nicht zu stören, die ebenfalls mit Quälereien der Frauen beschäftigt waren. Unsanft stieß Kai sie in den Kellerraum. Hannah fiel zu Boden. Kai verschloss die Tür, steckte den Schlüssel in die Hosentasche und sah grinsend auf Hannah herunter. „Schweig!" brüllte Kai, da Hannah Anstalten machte ihn

anzuflehen. „Stell dich hin!" Hannah sprang vom Boden auf. Kaum, dass sie stand, ergriff Kai ihre Handgelenke und im nu hatte sie Handschellen an. Kai legte sie so an, dass sie sich tief in die Haut schnitten. Hannah verzog vor Schmerzen das Gesicht, wagte es jedoch nicht etwas zu sagen. „Du lernst schnell, meine Liebe, aber das wird dich nicht retten!" Kai befestigte ein Seil an den Handschellen und zog ihre Arme nach oben, sodass Hannah gerade noch stehen konnte. „Mund auf!" sagte Kai auf einmal unendlich sanft, doch Hannah wusste, dass es nur Fassade war. Sie machte den Mund auf und hatte kurz darauf einen Knebelball darin. Er verschloss ihn stramm hinter ihrem Kopf. Hannah liefen die Tränen und sie wimmerte im Knebel. Kai umrundete sie und blieb dann vor ihr stehen. „Weißt du Hannah, ich habe dich damals schon abgrundtief geliebt," begann Kai und schwelgte in der Erinnerung. „Doch du musstest dich ja für Frank Emmerich entscheiden und doch hast du mich so angesehen, als würdest du mich auch lieben. Weißt du, wie das weh tut, verarscht zu werden?! Nein woher denn auch. Ich hätte dir die Welt zu Füßen gelegt!" Ohne Vorwarnung holte Kai aus und rammte ihr die Faust in den Bauch. Hannah blieb die Luft weg. Er fasste ihr Kinn und küsste sie liebevoll auf die Wange. Doch das sollte nicht so bleiben. „Als du Frank geheiratet hast und er deinen Nachnamen annahm, da wusste ich, dass du mir nur etwas mit deinen Blicken vorgespielt hast. Du kleines Biest hast mir doch Hoffnung gemacht und dann eiskalt fallen gelassen." Dieses Mal schlug er ihr ins Gesicht. Hannah gab glucksende Geräusche von sich. Kai entfernte sich von ihr und zündete sich eine Zigarette an. Hannah schaukelte auf ihren Füßen leicht vor und zurück und war am Schluchzen und hatte Angst dabei zu ersticken. Kai kam langsam zu ihr zurück, mit der Zigarette, einem Rohrstock und umkreiste sie erneut. Ein zischendes Geräusch ertönte, dann der Knall, mit dem der Rohrstock auf nacktes Fleisch traf und dem gedämpften Schrei von Hannah, die sofort hin und her sprang, so wie es ihre Fesselung zuließ. Der Rohrstock schnitt sich immer wieder in ihre

Haut. Überall. Mal vorne am Bauch, hinten auf dem Rücken, Arme und Beine wurden nicht ausgelassen. Das Gesicht schlug er mit der Hand oder Faust, wie ihm gerade danach war. Hannah schrie in den Knebelball. Blut floss ihr aus den Wunden und der Nase, die angeknackst war. Kai ließ seinen Hass und seine Wut an ihr aus. Dann, Hannah war kurz davor das Bewusstsein zu verlieren, drückte er seine Zigarette auf ihrem Arm aus. Sie verlor endgültig vor Schmerzen das Bewusstsein. Kai löste die Fesselung und fing Hannah auf, warf sie über seine Schulter und trug sie zu seinem Auto. Dort verfrachtete er sie in dem Kofferraum und ritzte ihr noch „The Pain The Boss" in den Rücken. Die Quälerei hatte zwei Stunden gedauert. Jetzt wollte er Hannah loswerden. Kurz darauf verschwand Kai noch einmal im Haus.

„So Leute! Es ist so weit. Wir treffen uns in einer Stunde am ehemaligen Parkplatz Autobahn Handewitt in Richtung Hamburg. Sagt es euren Kumpels auch, dass sie wieder reizende Preise gewinnen können!" Mit diesen Worten verließ Kai das Haus, stieg in sein Auto und fuhr davon. Kai fuhr auf die Autobahn bis nach Schuby. Dort sah er sich aufmerksam um. Obwohl es Mittag war, war dieses Mal nicht viel los auf dem Parkplatz. So schnell er konnte, holte er die blutverschmierte Hannah aus dem Kofferraum und trug sie geduckt hinter kleinen Büschen und hohem Gras zur Autobahnleitplanke. Kai legte sie ins Gras, band ihr eng einen Strick um den Hals und meinte zu sich selbst: „Wenn es so weit ist, sehen wir beide uns im Jenseits wieder, meine liebe Hannah." Er gab ihr noch einen Kuss auf die Stirn und verschwand ungesehen zu seinem Auto, um sich auf den Weg zum Treffpunkt zu machen. Allerdings wechselte Kai das Auto. Von einem Kleinwagen zu einem Transporter, indem er die Frauen gefesselt und geknebelt eingeladen hatte. Zusammen mit seiner Fracht fuhr er zum Treffpunkt. Als er dort ankam, waren dort schon eine große Gruppe von Bikern da, die sehr interessiert waren an einem neuen Rennen. „Hallo Boss! Wir sind vollzählig!" Irgendjemand hatte aus der Menge gesprochen. „Das ist gut. Ich habe mir überlegt, um es spannender zu machen, dass Rennen genau jetzt stattfinden zulassen und nicht wie sonst am Abend."

„Das ist geil! Das reizt sehr!" Jemand lachte und andere Biker stimmten zu. „Das ist echt geil. Ich werde euch alle abhängen!" Heiteres tiefes Gelächter war zu hören. Selbst Kai lachte. „Dann wollen wir starten. Von hier bis Jagel und zurück. Die ersten Sechs bekommen einen reizenden Preis!", sagte Kai in die Runde und die meisten wollten unbedingt gewinnen.

„Drei! Zwei! Eins! Go!"

Alle sprangen los zu ihren Maschinen. Jeder wollte der Schnellste sein. Helme auf, aufgesessen und dann waren Motorengeräusche so laut zu hören, dass man meinen konnte, eine ganze Armee würde in die Schlacht ziehen. Sie rasten vom Parkplatz. Doch dadurch, dass es mitten am Tag war, waren sie auch darauf bedacht die anderen Autofahrer nicht unbedingt zu behindern. Sie preschten an ihnen vorbei. Für die meisten Autofahrer war es, als würden sie mitten in ein Bienennest gestochen haben, denn es schossen mindestens 40 Maschinen an ihnen vorbei. Es wurde gehupt und geschimpft, aber niemand kam auf den Gedanken wirklich die Polizei anzurufen. Innerhalb kürzester Zeit waren sie in Jagel, fuhren runter und auf der anderen Seite wieder rauf auf die A7. Wie wilde Bienen schossen sie aneinander vorbei. Jeder wollte irgendwie der Beste sein. Die ersten sechs fuhren Handewitt/ Harisslee runter und wieder rauf, um auf den Parkplatz zu kommen, wo Kai mit drei seiner Handlanger wartete. „Meinen Glückwunsch, die Herren!" Kai reichte den sechs Männern die Hand und übergab ihnen die Preise. Die Frauen hatten zum Glück eine Kleinigkeit an, wie ein T-Shirt und eine dünne Sporthose. Sie bekamen einen Helm auf und wurden halb auf den Motorrädern festgebunden, damit sie nicht herunterfallen konnten. So fiel es gar nicht auf. Jeder dachte es wären Pärchen unterwegs. Der Rest der ankam, war natürlich enttäuscht, dass sie verloren hatten. Leider kam es dieses Mal sogar zu einer kleinen Prügelei, die aber zum Glück nicht so dramatisch war. „Wenn sich alle beruhigt haben, dann treffen wir uns in den nächsten Nächten hier, um weitere Rennen zu machen, mit natürlich leckeren Preisen!" Kai grinste die Biker an und einer antwortete: „Geil! Ich bin dabei!" Zustimmung wurde kundgetan und so verließen sie den Parkplatz gemächlich, ohne Hektik, ohne Stress, bis es Zeit war für das nächste Rennen.

Kapitel 8

Es waren erneut ein paar Tage vergangen und Marie Mai verlor so langsam die Geduld darauf zu warten, dass die Polizei etwas unternahm. Sie lungerte fast täglich in der Nähe des 2. Reviers herum, um irgendwie an Informationen heran zu kommen. Sie hatte ja Zeit, da ihr Arbeitgeber sie vor die Tür gesetzt hatte, aufgrund der Arbeitslage. Obwohl sie genau wusste, dass es daran gelegen hatte, dass sie ihm einen Korb gegeben hatte. Der Typ war ja sowas von aufdringlich gewesen. Egal. Sie stand mal wieder in der Nähe des Reviers herum und sah zu ihrem Erstaunen den Mann, dem sie beim ersten Mal in die Arme gelaufen war. Sie beobachtete ihn und folgte ihm unauffällig. Das glaubte sie zumindest. Sie hatte ja keine Ahnung wer der Mann war. Mike begab sich in das Parkhaus Rabattstadt und Marie freute sich insgeheim, weil sie mit Ihrem Motorrad ebenfalls dort stand. Sie folgte ihm so schnell und in ihren Augen unauffällig, bis er verschwunden war. „Ach verdammt!", fluchte sie und wurde urplötzlich von hinten umklammert und es legte sich eine Hand auf ihren Mund. Marie begann sich zu wehren, doch irgendetwas ausrichten konnte sie nicht. Der Unbekannte verschleppte sie auf das Parkdeck, wo sie alleine waren. „Warum folgen Sie mir?!" Seine Stimme war dunkel und es schwang eine Drohung mit. Er stieß sie von sich weg, allerdings achtete er darauf das sie nicht zu Boden fiel. Marie, die panische Angst gehabt hatte, drehte sich keuchend zu ihm um und japste. „Also warum folgen Sie mir?" Nun erkannte sie ihren Angreifer. Ihr Herz raste und sie brachte noch immer kein Wort heraus. Der Abstand zwischen ihnen war groß, aber der muskulöse Mike überbrückte diesen Abstand mühelos mit drei Schritten und drückte Marie gegen die Wand. Gerade als sie „Hilfe" schreien wollte, hatte sie wieder seine Hand auf ihren Mund. „Ich frage nur noch einmal hübsche Frau und ich erwarte eine Antwort. Sollte keine Antwort erfolgen, könnte es Konsequenzen haben und glauben Sie mir hübsche Maus, dass würde Ihnen nicht im ersten Moment gefallen." Wie erwartet riss sie die Augen auf. Was? Spinnt der Typ völlig? Nein er meinte es toternst, dass sah sie ihm an. Eine Ausrede brauchte sie und zwar schnell. Er nahm die Hand von ihrem Mund.

„Ich dachte, dass Sie jemand wären, den ich von früher kenne. Es war ein Irrtum. Entschuldigung." Marie meinte das sie glaubwürdig klang, aber er glaubte ihr nicht. „So so. Jemand von früher. Und wer könnte das sein?" Er legte nachdenklich den Finger auf sein Kinn und Marie überlegte schnell. „Ist ja auch egal. Sie sind es nicht, einen guten Tag." Marie wollte gehen, doch er ließ sie nicht. „Einen Moment hübsche Frau." Wie geplant blieb sie stehen. „Ja?" Fragte Marie unsicher und Mike lächelte sie gefährlich an. „Das nächste Mal wird unser Treffen nicht ganz so glimpflich ausfallen." Mit diesen Worten ging Mike an ihr vorbei und verließ das Parkdeck. Marie stand verwirrt da und starrte auf die zugefallene Tür vom Parkdeck. Was? Es wird zu keinem nächsten Treffen kommen; dachte sie zumindest. Als sie sich endlich den Blick von der Tür losreißen konnte, brummte sie leise: „Das kann doch nicht wahr sein. Es klappt aber echt gar nichts." Marie begab sich zur Tür, löste das Parkticket aus und ging drei Stockwerke tiefer, um zu ihrem Motorrad zu kommen. Frustriert setzte sie ihren schwarzen Helm auf, startete ihre Maschine und fuhr hinunter zur Ausfahrt. Sie ahnte nicht, dass man nun ihr folgte. An der Ampel direkt am ZOB stand sie hinter einem Auto, welches die Fenster offen hatte und der Besitzer anscheinend schwerhörig war. Die Nachrichten dröhnten aus dem Wagen.

„Und noch eine Mitteilung der Polizei aus der Region. Bitte achten Sie auf eine Motorrad Gang, die sich „The Pain" nennt. Sollten Sie solche Fahrer sehen, melden Sie sich bitte umgehend bei der Polizei. Danke für Ihre Mithilfe."

Marie begann unter ihrem Helm zu Grinsen und schlängelte sich neben das Fahrzeug. Der ältere Mann wollte gerade Schimpfen, doch Marie kam ihm zuvor. „Vielen Dank, dass Sie die

Nachrichten so laut hatten. Schönen Tag noch!" Die Ampel sprang auf grün und sie donnerte los. Verwirrt schaute der Man ihr hinterher. Es wurde gehubt und der Mann fuhr an. Mike Slike der hinter dem Fahrzeug war und nicht überholt hatte sauste bei der nächsten Gelegenheit an dem Fahrzeug vorbei und hinter Marie her. Auch er hatte die Durchsage gehört, denn er stand unmittelbar hinter Marie und sie hatte es nicht mitbekommen, da er genau wie sie, einen komplett schwarzen Helm mit schwarzem Visier trug. Marie fuhr zu sich nach Hause. Sie wohnte in Flensburg Engelsby in einem roten Hochhaus, in einer zwei Zimmer Wohnung. Dort stellte sie ihr Motorrad auf dem Parkplatz ab und prompt kam der Hausmeister heraus. „Sie und Ihre schreckliche Maschine!", brüllte er sie an. Genervt rollte Marie mit den Augen, als sie den Helm abnahm. „Herr Meier! Einen schönen guten Tag!" Marie war einfach nur höflich, aber leiden konnte sie diesen Kotzbrocken nicht. „Sparen Sie sich das! Es wäre mir lieber, wenn Sie ihre Maschine woanders hinstellen als hier vorne. Dieser Krach ist ja nicht zum Aushalten!", fauchte Herr Meier ungehalten und Marie antwortete höflich: „Ich habe diesen Platz gemietet und habe ein Recht darauf hier zu stehen. Guten Tag noch Herr Meier."

„Darauf würde ich mich nicht verlassen Fräulein Mai! Ich werde mich darum kümmern!" Herr Meier drehte sich um und er verschwand wütend in seiner Wohnung. Sie schüttelte den Kopf, schloss ihr Motorrad ab und sah auf. In dem Moment fuhr Mike Slike an. Er hatte dem Gespräch gelauscht und hatte genug gehört, weil Herr Meier so gebrüllt hatte. Er musste zugeben, dass er gerade einen Narren an Marie gefressen hatte. Er nickte ihr zu und Marie, da sie selbst eine Bikerin war, grüßte ihm mit einem Handgruß. Danach verschwand sie im Wohnhaus.

Mike konnte diesen Herrn Meier nicht leiden und dann war da noch diese Drohung gewesen. „Ich werde mich darum kümmern!" Das kam ihm komisch vor und dachte sich das er

ebenfalls ein Auge auf Maries Hausmeister haben sollte. Als er in Engelsby bei dem Halia, einem Einkaufszentrum hielt, rief er Tony an, um ihm von Marie zu erzählen und auch von diesem Herrn Meier. Er sah nachdenklich aus und machte dann ein paar Besorgungen für das **Seidenfeuer**. Er wusste das gerade kein Gast im **Seidenfeuer** anwesend war und dachte sich, man könnte ja mal etwas Englisches zum Mittag zubereiten. Er dachte kurz nach und sagte zu sich: „Roastbeef und Yorkshire Pudding"
Roastbeef und Yorkshire Pudding ist ein typisches englisches Gericht. Roastbeef wird gebraten bis es rosa ist, sodass es noch zart und saftig bleibt. Zusammen mit Yorkshire Pudding – einem Gebäck aus Mehl, Milch, Öl und Eiern gehört es zu den traditionellen Gerichten der britischen Küche. Dennoch besorgte er ein Stück Hühnchenbrustfilet für Shiva, da er von Lukas wusste das sie kein Roastbeef mag. Mike grinste und stand auch vierzig Minuten später in der Küche vom „kleinen Saal". Lukas und Tony waren noch unterwegs mit Shiva und Julia. Rick schien ebenfalls mit Maybrit ausgeflogen zu sein, so hatte also Mike in Ruhe Zeit das Essen zuzubereiten. Die würden Augen machen. Er war halt nicht nur ein Undercover Cop, nein, er liebte es zu kochen. Mike erwischte sich dabei das er an Marie dachte, doch da schlich sich auch gleich wieder dieser Hausmeister in seine Gedanken. Da stimmte etwas nicht.
„Hmmm das riecht aber gut!" Shiva war unbemerkt hereingekommen und Mike war doch merklich zusammengezuckt. Er drehte sich zu ihr um. „Ha, du hast dich erschreckt!" Shiva grinste ihn triumphierend an. „Ich habe mich nicht erschreckt, Shiva Darling." Shiva sah ihn direkt an und sagte: „Oh doch hast du. Und so was ist ein Undercover Cop." Sie lachte unbeschwert. Passierte zurzeit selten, da alle angespannt waren, wegen der ganzen Situation mit dieser Bikergang und auch wegen der Arbeit die Shiva zur Zeit mal wieder hasste, aufgrund der Vertretungen die sie mal wieder einschob. Mike grinste sie an und dann wurde dieses Grinsen gefährlich. Sie hörte auf zu Lachen und schluckte.

„Komm her Shiva." Sein Ton war streng und duldete keinen Widerspruch. Shiva gehorchte nur zögerlich. Er umfasste ihren Nacken und beugte sich zu ihrem Ohr herunter. „Du beugst dich über die Arbeitsplatte und rührst dich nicht." Shiva nickte kaum merklich und legte sich mit dem Oberkörper auf die Arbeitsplatte neben ihm. Genau in diesem Moment verfluchte sie den Rock den sie anhatte. „Du hast wunderschöne Rundungen Shiva Darling. Lukas kann stolz sein." Shiva wurde rot und ahnte nicht das Lukas ebenfalls in der Küche war. Sie starrte die Fliesen an und zitterte leicht. Was würde Mike mit ihr machen? Lukas stand lächelnd in einer Ecke der Küche und nickte Mike aufmunternd zu. Mike lächelte zurück und legte seine große Hand auf ihren Rücken. Sie zitterte noch mehr, sagte jedoch nichts, weil sie diese Situation aufregend fand. Verdammt! Wenn das Lukas sehen würde, er würde bestimmt nicht erfreut sein. „Mike, warte!" Er sah zu Lukas rüber, während Shiva noch immer auf die Fliesen an der Wand starrte. „Ich habe das Gefühl, das ich Lukas damit betrüge. Ich will das nicht!" Sie wollte sich aufrichten, aber Mike legte seine Hand in ihren Nacken um sie in der Position zu halten. „Vertrau mir Shiva Darling. Ich habe Lukas um Erlaubnis gebeten und er hat zugesagt. Also wirst du mir nicht entkommen, es sei denn du benutzt das Safewort. Möchtest du es sagen?" Seine Hand lag nur leicht in ihrem Nacken und sie dachte nach. Wollte sie, dass es jetzt aufhörte oder sollte sie sich auf das Spiel einlassen?

„Rot!" Shiva klang entschlossen. Mike akzeptierte ihren Wunsch. Lukas hatte sich grinsend aus der Küche zurückgezogen. „Gut Shiva Darling. Schade, aber ich freue mich darauf, solltest du dich bereit erklären." Shiva richtete sich auf und verließ die Küche mit Tellern und Besteck. Mike musste doch grinsen, denn er hatte geahnt, dass Shiva nicht dazu bereit sein würde. Von Lukas und Tony wusste er, dass sich Shiva und auch Julia erst seit knapp einem Jahr mit der devoten Neigung auseinandersetzten.

Mike kam mit dem fertigen Gericht in den „kleinen Saal", wo bereits Tony, Lukas und Julia warteten. Nur Shiva war gerade nicht anwesend. Etwas irritiert sah sich Mike um. „Habe ich etwas falsch gemacht?", fragte Mike und Lukas antwortete: „Nein mein Freund. Shiva holt noch etwas."

„Ah okay. Ich dachte schon, dass es an mir liegt." Ein herzhaftes Lachen erfüllte den Raum. Julia grinste Mike an und schob sich Roastbeef in den Mund. „Oh wow! Das schmeckt aber toll!" Julia war begeistert und Mike freute sich über das Lob. Auch Tony und Lukas waren angetan von dem Roastbeef. Endlich kam Shiva dazu und hatte eine große Schale mit Quarkspeise mitgebracht. In der Quarkspeise waren Kirschen. „Das sieht lecker aus Shiva!" Julia lächelte sie an und Shiva schnitt das Fleisch an. Sie sah nur das rote Innenleben und aß nur die Beilage. „Schmeckt es dir nicht Shiva?" Mike sah sie an und Shiva meinte verlegen: „Das Gebäck ist toll, nur ich mag kein Roastbeef." Mike schlug sich an die Stirn und sagte: „Ach ja verdammt! Warte ich habe extra für dich Hühnchenbrust gemacht." Mike stand auf und kam kurz darauf mit einem schön dekorierten Brustfilet zurück. Shiva strahlte ihn an und schob es sich in den Mund. Ihre Augen leuchteten und Mike wusste das es schmeckte. Sie unterhielten sich über alles Mögliche. Das Radio riss sie allerdings aus den Gesprächen.

„Eine wichtige Durchsage! Wer die Bikergang „The Pain" sieht, wird gebeten umgehend die Polizei zu rufen! Die Polizei bittet Sie ausdrücklich nicht selber einzugreifen. Die Gang gilt als gefährlich und unberechenbar! Wie uns zu Ohren gekommen ist, geht diese Biker Gang über Leichen!"

Tony sprang vom Stuhl auf. „Von wem wissen die Reporter das denn?!" Tony war angepisst. Lukas ebenso. Das würde auf jeden Fall ein Nachspiel ` für das Plappermaul haben, sollte Tony denjenigen in die Finger bekommen.

Wer hatte die Durchsage noch gehört? Marie. Sie saß in ihrer Wohnung am Radio. Sie wusste nicht warum, aber sie hatte sich die Durchsage notiert und kam auf eine Idee. Sie hatte vor, der Gang aufzulauern und ihr zu folgen, um herauszufinden wo ihre

Schwester war. Ja das klang für sie nach einer prima Idee. Sie zog sich ihre Lederklamotten an, holte ihren Helm, um kurz darauf Ihre Wohnung in Engelsby wieder zu verlassen. Zum Verdruss ihres Hausmeisters, denn dieser stand mal wieder am Fenster und sah hinaus. Freundlich wie Marie war, grüßte sie ihn, aber drehte noch einmal richtig die Maschine auf. Es gab ein dröhnendes Geräusch und Marie grinste unter ihrem schwarzen Visier. Der Hausmeister, Herr Meier, ballte die Faust und wedelte damit vor dem Fenster herum, aber das interessierte Marie überhaupt nicht. Mit einem Affenzahn sauste sie von ihrem Parkplatz. Dadurch, dass diese Gang sehr gerne Motorradrennen veranstaltete, hoffte sie natürlich die Gang auf der Autobahn irgendwo anzutreffen. Marie fuhr geradewegs über die B 200 und dann auf die Autobahn in Richtung Hamburg. Als sie so auf der Autobahn fuhr, wusste sie dennoch nicht, wie sie das alles anpacken sollte. Sie hatte ihre Idee einfach nicht komplett durchdacht. Im ersten Moment war ihr nur wichtig, diese Bikergang aufzuspüren, da sie nicht glaubte, dass die Polizei das schaffen würde.

„Selbst ist die Frau!", dachte Marie und hielt nach Motorrädern Ausschau. Hin und wieder sah sie welche, aber es waren nicht „The Pain". Marie war schon frustriert, als sie auf einem Parkplatz kurz vor Hamburg doch zwei Motorräder sah, dessen Besitzer eine Lederjacke mit der Aufschrift „The Pain" trugen. „Perfekt!" Marie grinste unter dem Visier und wartete. Die beiden Männer verstauten ihre Jacken in dem Top Case und betraten dann das Bistro. Marie nahm den Helm ab und folgte dann den Männern, doch sie ging an Ihnen vorbei, um nicht den Anschein zu erwecken, dass sie wegen Ihnen hier war. Allerdings hatte Marie nicht damit gerechnet, dass man ihr gefolgt war. Mike hatte genau die gleiche Idee gehabt und hatte sie schon auf der Autobahn gesehen, daher dachte er sich, es wäre besser ihr zu folgen. Die beiden Männer saßen am Tisch und warteten auf Ihre Bestellung. Währenddessen ging Marie runter zu den Toiletten, um nur einige Minuten später wieder nach oben zu kommen und sich ebenfalls an einen Tisch zu setzen, nachdem sie die Bestellung aufgegeben hatte. Mike sah sie an einen Tisch etwas weiter hinter den Männern sitzen. Frech setzte Mike sich dazu. Er grinste sie an, während sie ihn überrascht ansah und er sagte leise: „Du wirst jetzt den Mund halten. Ich will keinen Ton hören Darling. Ich werde dir jetzt eine Frage stellen und ich erwarte, dass du sie ehrlich beantwortest. Ich habe mich klar ausgedrückt!?" Es war mehr eine Feststellung als eine Frage, aber Marie nickte verunsichert. Mikes Tonfall ließ keinen Widerspruch zu. „Was hattest du vor und überlege gut Darling. Ich weiß wann jemand lügt." Sie musste schlucken, um den urplötzlichen Kloß im Hals weg zu bekommen. Ihr wurde heiß. Mike sah ihr tief in die Augen. „Ich wollte versuchen diese Gang ausfindig zu machen. Allerdings hatte ich nicht erwartet, sie wirklich anzutreffen." Er nickte und fragte leise: „Was macht dich so sicher, dass diese beiden Männer dort drüben am Tisch dazu gehören?"

„Ich habe ihre Jacken gesehen und sie hatten die Aufschrift „The Pain" darauf gedruckt." Mike nickte nachdenklich und meinte: „Ich habe sie nicht gesehen." Marie sah ihm an, dass er ihr nicht glaubte. „Sie haben die Jacken in den Top Case gesteckt." Er nickte wieder. „Nummer 28!", dröhnte es durch den Lautsprecher und einer der Männer am Tisch stand auf. Der zweite konnte nun direkt auf Marie und Mike sehen und Mike murmelte: „Einer beobachtet uns. Wir sollten als Paar auftreten, die eine Pause machen. Ich bin Mike." Marie nickte und er nahm verliebt ihre Hand küsste sie darauf. Sie konnte ein verlegenes Kichern nicht zurückhalten. Der Mann, der auf seinen Kumpel wartete, schaute grinsend zu ihnen rüber. „Nummer 29!" Das war Maries Nummer und Mike sagte etwas lauter: „Bleib sitzen Darling!" Nun wurde sie von den Männern kurz beobachtet und fühlte sich unbehaglich. Immer mehr kam sie zu der Erkenntnis, dass es eine dumme Idee gewesen war. Mike holte ihren Cappuccino und Salat. Für sich hatte er ein Sandwich geholt und als er sich wieder zu Marie gesetzt hatte, schrieb er unbemerkt eine WhatsApp Nachricht an Tony. Dieser

antwortete auch prompt. „Bleib an ihnen dran und sei auf der Hut." Mike grinste und musterte Marie. Da sie sich als Paar ausgaben, musste er Marie mit dabeihaben. Immerhin war es ja ihre Idee gewesen und er hatte sie nur durch Zufall gesehen. Die Männer waren noch am Essen, als Marie zu Mike sagte: „Ich bin gleich zurück und dann können wir los." Mike nickte und Marie ging ein zweites Mal zu den Toiletten, nur musste sie diesmal wirklich. Mike grüßte die beiden Männer, sie grüßten zurück und Mike begab sich zum Ausgang. Er brauchte nicht lange warten. Marie kam kurz vor den Männern aus dem Bistro und die beiden warteten noch einen kleinen Moment, bevor sie zu ihren Maschinen gingen. Mike nahm Marie in den Arm und küsste sie auf einmal. In ihrer Magengegend flatterten wild die Schmetterlinge, so überrascht war sie über den Kuss. Sie schielte zu den Männern und ihr wurde schmerzlich bewusst, dass es nur der Tarnung galt. Sie hätte sich Ohrfeigen können, weil sie gedacht hatte, Mike könnte den Kuss ernst gemeint haben. Die Männer zogen ihre Jacken aus den Top Case und stiegen auf ihre Maschinen, um dann noch kurz mit den Motoren zu spielen. Marie und Mike hatten ihre Helme auf und fuhren langsam vom Rastplatz. Kurz darauf dröhnten die Fahrer von „The Pain" an ihnen vorbei. Die beiden gaben ebenfalls Gas, blieben aber in weiten Abstand hinter ihnen. Mike hing während der Verfolgung seinen Gedanken nach. „Sie ist eine bezaubernde Frau!", dachte Mike und sah zu ihr rüber. Sie fuhren auf gleicher Höhe. Nur die schwarzen Visiere verhinderten die Sicht auf die Augen und in denen konnte man deutlich Gefühle erkennen. Er ahnte nicht, dass sie weinte.
Marie hingegen schimpfte gedanklich mit sich selbst: „Wie kannst du nur so dumm sein?! Als ob er wirklich etwas von dir wollte! Am besten vergisst du ihn ganz schnell wieder, wenn das vorbei ist." Ihr lief die Nase und zu ihrem Pech begann das Visier zu beschlagen. „Verdammt!", knurrte sie und musste das Visier kurz hochschieben. Schnell wischte sie die Tränen aus den Augen und ließ das Visier wieder runter. Mike hatte es nicht mitbekommen,

da er gerade etwas entdeckte hatte. Er gab Marie Handzeichen, als er neben ihr war und sie nickte ihm zu. Mike gab Gas und verschwand hinter der nächsten Ausfahrt. Sie hatte gar nicht bemerkt, dass sie schon in Schleswig Schuby waren. Marie konnte sehen, wie er auf den Parkplatz fuhr und sogleich Richtung Autobahn lief. Was er wohl gesehen hatte? Keine Ahnung. Sie verfolgte die Männer weiter, so wie er ihr zu verstehen gegeben hatte. Hätte sie gewusst was er gefunden hatte, wäre sie nicht weitergefahren.

Ausfahrt Tarp. Marie sah die Männer von „The Pain" von der Brücke aus, wie sie in Richtung Schmedeby abbogen. Marie setzte den Blinker und folgte. Sie sah am Kreisverkehr, wie sie dahinter in ein Waldstück einbogen. Um nicht aufzufallen, fuhr Marie geradeaus weiter. Schon alleine, weil sich einer der Männer umsah. Ein gutes Stück weiter, stellte Marie ihre Maschine an der Straße ab. Nun kam aber das nächste Problem. Wie sollte sie Mike mitteilen, wo sie sich befand? Sie hatte keine Nummer von ihm und die Polizei anrufen wollte sie eigentlich auch nicht, da es ja aus der Radiodurchsage hieß, man solle sich fernhalten. Sie steckte in der Zwickmühle. „Warum habe ich immer nur das Talent alles irgendwie falsch zu machen?!", schnaufte Marie frustriert und überlegte was das Beste wäre.

Es half nichts. Sie fummelte ihr Handy aus der Jackentasche und wählte den Notruf.

Kapitel 9

Mike hastete zur Leitplanke der Autobahn. Er hoffte, dass es nicht das war, was er gesehen hatte, aber als er ankam, stockte ihm der Atem. Es lag eine nackte junge Frau im hohen Gras. Sie war blutüberströmt. Mike kniete sich zu ihr und tastete nach dem Puls. In dem Moment riss die junge Frau panisch die Augen auf und schlug um sich. „Ganz ruhig! Ich will Ihnen helfen!" Sie japste nach Luft und Mike konnte nun in dem Blut, welches ihr aus mehreren Wunden im Gesicht und Nase floss, den Strick um ihren Hals sehen. „Scheiße! Nicht bewegen!" fuhr er sie an und sie verharrte stocksteif auf dem Boden. Diese Mistkerle hatten ihr den Strick eng angelegt und das andere Ende an dem Pfeiler von der Leitplanke gebunden. Anscheinend hatten sie wohl die Idee gehabt, dass sie sich selbst erdrosseln sollte, sobald sie panisch aufwachte. Sie zitterte vor Angst. „Ich werde den Strick durchschneiden! Nicht bewegen und atmen Sie ruhig!" Sprach Mike auf sie ein und sie konnte ein Wimmern nicht unterdrücken. Ganz vorsichtig schob Mike sein Taschenmesser unter den Strick und im Nu war er runter von ihrem Hals. Sie brach in Tränen aus. Mike zog seine Jacke aus, legte sie der Frau um, nahm sie in den Arm und setzte dabei den Notruf ab. Nachdem es erledigt war, sprach Mike beruhigend auf sie ein. „Hilfe ist unterwegs! Scht! Es wird alles gut." Sie weinte und schien gar nicht aufhören zu können. „Wie ist Ihr Name?" fragte Mike und die junge Frau brauchte vier Anläufe, um ihm antworten zu können. „Hannah Mai!" schluchzte sie und Mike wiegte sie weiter beruhigend.

Gerade als er eine neue Frage stellen wollte, kamen zwei Polizeiwagen und ein Krankenwagen auf den Parkplatz gerauscht. Mike winkte ihnen zu und sofort kamen die Beamten und auch Sanitäter zu ihnen an die Leitplanke gelaufen. „Können Sie mir sagen, wie Sie heißen?" Während der Frage, hatte der Sanitäter ihr in die Augen geleuchtet, um irgendwelche Blutungen hinter den

Augen auszuschließen. „Hannah Mai." Kam es nun sicherer aus ihrem Mund. Mike hob sie an und legte sie behutsam auf die Trage, die die Sanitäter mitgebracht hatten. Sie sah ihn dankend an und dann wurde sie zusammen mit einer Polizistin weggefahren. „Wir kennen uns bereits. Mein Name ist Henry Karlsen." Stellte sich der Mann handschüttend vor. „Ja richtig. Mike Slike. Das war ebenfalls hier auf dem Parkplatz mitten in der Nacht." Sie lachten und dann wurde Mike im wahrsten Sinne des Wortes ausgequetscht wie eine Zitrone. Mike begann zu erzählen, wie er eigentlich vorgehen wollte, doch nicht dazu gekommen war, wegen einer sehr eigenwilligen Frau. Henry musste schmunzeln und machte dann mit der professionellen Befragung weiter. Zwischenzeitlich bekam Mike noch eine WhatsApp Nachricht, die er nebenbei schnell gelesen hatte. „Ich muss los Henry. Tony schrieb, dass sie eine Spur zu der Bikergang haben." Unterbrach ihn Mike und Henry sagte: „Wirklich? Das wäre zu schön um wahr zu sein. Viel Erfolg. Für weitere Fragen werde ich dich kontaktieren." Henry verabschiedete Mike mit einem freundlichen Handdruck und Mike schwang sich elegant auf sein Motorrad. Am liebsten wäre er sofort losgedonnert, aber er verließ langsam den Parkplatz. Am besten nicht gleich als Besucher negativ auffallen. Mike fuhr auf die Autobahn in Richtung Flensburg, um dann die Ausfahrt Tarp zu nehmen.

Tony und Lukas warteten bereits an dem Motorrad, welches Marie gehörte, doch Marie selbst war nicht anwesend. Nach den Gesichtern, die Tony und Lukas hatten, waren sie mehr als nur angepisst. „Mike!" Wurde er freundlich begrüßt und Lukas hielt ihm den Zettel hin. „Tony, Lukas!" Mike nahm den Zettel entgegen. „Sorry aber es dauert zu lange. Ich sehe mich um. Hört hin, wenn es soweit ist. MM." Mike entglitten die Gesichtszüge. „Ich hoffe sie weiß was sie tut." Tony war überhaupt nicht begeistert und tat dies dann auch noch kund. „Dieser Dame sollte man den Hintern versohlen, aber nach Strich und Faden!" Mike grinste ihn an und malte es sich gedanklich auch aus. Gerade als er etwas erwidern wollte, hörten sie einen lauten Pfiff durch den Wald hallen. Tony, Lukas und Mike horchten angespannt auf und lauschten. Wieder ertönte ein Pfiff und kurz darauf konnte man Motorengeräusche hören, die richtig aufgedreht wurden. „Eins Null Null, an alle Einheiten! Dringend Verstärkung gebraucht! Schmedeby Wald bei Tarp! Mit großer Wahrscheinlichkeit wurde die Bikergang „The Pain" gefunden."

„Eins Null Zentrale! Haben verstanden! Verstärkung ist unterwegs!"

Tony beauftragte Erik Kramer auf die Verstärkung zu warten. Er selber, Lukas und Mike rannten in den Wald hinein, in der Hoffnung jemanden erwischen zu können.

Man hörte nur die Motoren, aber sehen konnte man sie nicht. Urplötzlich war es still. „Verdammt!" knurrte Tony und Lukas klopfte ihm auf die Schulter. „Wir sollten zurückgehen." Meinte Lukas und sie begaben sich zurück zur Straße. „Geht schon vor." Meinte Mike und Tony antwortete ihm grinsend: „Tu das Richtige." Lukas grinste ebenfalls und die beiden ließen Mike zurück. Er lauschte, hörte aber nichts mehr und doch war er sich ganz sicher Marie gehört und auch ihre blonde Igelfrisur gesehen zu haben. Lautlos strich er durch das Unterholz. Da hörte er etwas. Jemand fluchte leise, aber trampelte ungeschickt durch das Unterholz. Mike grinste, denn Marie stolperte geradewegs auf ihn zu. Gesehen hatte sie ihn nicht und daher schrie sie erschrocken auf, als er sie zu sich hinter einen Busch zog. „Hast du sie nicht mehr alle?!" fauchte sie Mike an, der sie in den Armen hielt. „Ich glaube kaum, dass ich dir erlaubt hatte, auf eigene Faust zu arbeiten." Sein Ton war leise, streng, eine dunkle Versuchung. Es behagte ihr nicht und doch konnte sie nicht anderes als ihm direkt in die dunklen Augen zu sehen. Marie schluckte und versuchte sich von ihm wegzudrücken, aber nur halbherzig. „Lass mich los!", grummelte sie, doch Mike grinste nur. „Weißt du Darling, ich denke das wird dir guttun." Marie verstand nicht was er meinte, aber fand es kurz darauf heraus.

Mike hatte sie kinderleicht unter seinen Arm geklemmt, sodass sie den Boden unter den Füßen verlor. Überrascht darüber, keuchte sie erschrocken auf, als seine große Hand auf ihren knackigen Jeanshintern landete.

Dann rieb er über die getroffene Stelle, nur um dann ihr wieder einen neuen Hieb zu verpassen. Ach du Schreck. Jeder Hieb war streng und fest. Jedes Mal rieb er darüber und dennoch hatte Marie Tränen in den Augen. Der nächste Hieb traf sie. Sie keuchte und weinte, aber Schreien tat sie nicht. Mike setzte nun richtig nach. Sie zappelte gewaltig, doch es störte ihn nicht. Marie weinte wie ein Schlosshund und flehte ihn an. „Ich entscheide wann genug ist." Oh mein Gott. Ihr Arsch stand in Flammen. So zumindest dachte sie. Inzwischen hing sie unter dem Arm und ließ ihren Gefühlen freien Lauf. Marie hatte noch nicht einmal bemerkt, dass Mike aufgehört hatte ihr den Hintern zu versohlen. Er stellte sie auf die Füße und nahm sie in den Arm. „Wieso tut er das? Warum hält er mich im Arm?", dachte Marie, schlang ihre Arme um ihn und weinte. Das Gesicht in das blaue Hemd gepresst, welches er unter der Lederjacke trug. Er ließ es sich nicht nehmen und knetete ihre Backen. „Au! Bitte nicht!" Sie wand sich und doch begann sie es zu genießen. Mike grinste und steckte unbemerkt einen Zettel mit seiner Nummer in ihre Jackentasche. „Ich möchte das du in Ruhe nachdenkst." Sagte Mike, sah ihr in die Augen, als sie ihr Gesicht von seinem Hemd löste und küsste sie. Dann schob er Marie vor sich her aus den Wald hinaus und meinte: „Da drüben steht deine Maschine." Marie sah ihn verheult an und ging ein paar Schritte, als Mike noch sagte: „Und Marie" sie blieb stehen und drehte sich zu ihm um. „Vergiss nicht darüber nachzudenken. Beim nächsten Mal werde ich dich fragen. Freue mich schon." Damit verschwand er in Richtung seiner Maschine. Tony hatte ihm mitgeteilt, dass sie sich auf dem Pendlerparkplatz Tarp, der an der Auffahrt in Richtung Flensburg lag, treffen wollten. Marie setzte ihren Helm auf, setzte sich auf ihr Motorrad und verzog schmerzhaft das Gesicht, ehe sie losfuhr. Ja sie musste nachdenken über das, was passiert war.

Mike fuhr zum Parkplatz, wo Tony mit Lukas und ein paar anderen Polizisten warteten. Sie unterhielten sich über den Fall, aber niemand hatte die Gang gesehen. „Mike!" Tony begrüßte ihn mit einem wissenden Grinsen. „Tony, Lukas!" Dabei grüßte Mike den Rest mit einem Handgruß. „Wir sind noch immer nicht weiter, was diese Biker angeht." Meldete sich jemand zu Wort. „Genau. Wir tappen noch immer im Dunklen und dieser Hinweis scheint nicht ganz wasserdicht zu sein." Meinte ein Anderer genervt. Doch bevor Tony etwas sagen konnte, meinte Mike: „Sie müssen hier irgendwo ein Versteck haben. Ich weiß von Henry, dass sie zwei junge Frauen im Straßengraben zwischen Schleswig und Sieverstedt gefunden haben. Allerdings hat es eine der beiden nicht geschafft." Tony und Lukas sahen sich bedrückt an und die beiden Beamten sahen verlegen zu Boden. „Also Leute, kennt jemand den Schmedebywald genauer?", wollte Tony wissen, aber zu seiner Enttäuschung schüttelten alle den Kopf. Lukas dachte nach und ihm kam eine Idee. Er griff zum Handy und wartete dann. „Ich bin es Lukas." Kurze Pause. „Ich habe nicht viel Zeit. Ich brauche deine Hilfe Andy. Kannst du zum Pendlerparkplatz in Tarp kommen?" Wieder eine kurze Pause und dann: „Danke Andy. Bis gleich!" Lukas wurde neugierig von Tony und den anderen beäugt. Lukas hingegen grinste sie an und meinte: „Ein Freund aus der Schulzeit." Tony nickte. Zwar kannten sich Tony und Lukas vom Kindergartenalter an, doch Lukas war in der Schule ziemlich faul geworden und hatte es daher nur auf die Realschule geschafft und nicht wie Tony aufs Gymnasium. Einige Zeit später, Tony telefonierte gerade mit Henry, kam ein himmelblauer Mini auf den Parkplatz gefahren. Natürlich sahen alle Anwesenden auf. Der Mini hielt in einer freien Parklücke und dann stieg jemand aus. „Lukas Herzchen! Ich bin so schnell gekommen wie ich konnte. Mein Gottchen du machst es auch wieder alles aufregend!" Mike verkniff sich ein Lachen, räusperte sich und beobachtete Lukas, dem diese kleine schwule Art von seinem Freund nichts auszumachen schien. Im Gegenteil, Lukas umarmte ihn brüderlich und knuffte ihm dann leicht auf die Schulter. Andy grinste und rieb sich die nicht schmerzende Schulter. Die beiden weiblichen Polizistinnen schienen etwas verwirrt und verlegen zu sein, denn ihre Gesichtsfarbe wurde nun deutlich rot. „Andy, danke das du kommen konntest."

„Für dich doch immer Herzchen. Was kann ich für euch in knackiger Uniform tun?" Tony räusperte sich und übernahm das Wort: „Tony Keller mein Name. Wir vermuten das sich jemand in dem Schmedebywald versteckt, nur würde es Tage dauern ihn zu finden." Andy nickte und sagte dann: „Ihr möchtet wissen, ob es dort Hütten gibt? Aber Herzchen, sicher gibt es welche und ich weiß wo sie stehen." Leises Gekicher von den Polizistinnen war zu hören, doch Tony überspielte das. „Andy wärst du so freundlich und zeigst sie uns?" Andys Augen strahlten bei der Vorstellung, dass er helfen durfte. „Sehr gerne. Herzchen würdest du bitte aus meinem Wagen die Kiste holen?" Lukas grinste und begab sich drei Autos weiter, wo der Mini stand und holte die Kiste aus dem Kofferraum, die er mit hatte. Alle waren neugierig, was da wohl drinnen war und sie staunten nicht schlecht.

„Woher kommen denn die Sachen?" Tony nahm eine Tüte mit Xl Camouflage Hemd und Hose heraus. Andy grinste und meinte vergnügt: „Ach Herzchen. Dass ist die neue Kollektion für jedermann. Ich betreibe zusammen mit meinem Bruder den „Andresen Army Shop" in der Nähe von Handewitt. Und ich dachte mir, da Lukas meinte es wäre der Tarper Parkplatz, dass ihr das gebrauchen könnt."

„Also ich muss schon sagen, dass ist großartig." Tony reichte seinen vier Leuten, Lukas und auch Mike eine Tüte mit der passenden Größe. Die Damen zogen sich rasch hinter dem T4 Bus um, während Tony, Lukas, Mike und die beiden anderen Beamten sich so rasch umzogen. Am Ende standen alle im Tarnaufzug bereit. Zusammen fuhren sie zurück zum Waldabschnitt Schmedeby.

Andy erklärte ihnen noch worauf sie achten mussten, um gewisse Spuren zu finden. Er kannte den Wald, was daran lag, dass er und sein Bruder oft in diesem Wald gespielt hatten, als sie noch freche Jungs waren. Andy war in Tarp aufgewachsen und doch war er mit seinem Bruder jeden Tag im Wald gewesen. Einige Zeit später fanden sie eine Waldhütte, doch man sah gleich, dass sie unbewohnt war. Keine Spuren. Also machten sie sich weiter auf die Suche. Insgesamt zeigte Andy ihnen noch drei weitere Hütten, doch die Hütten enttäuschten die Truppe. „Hat es überhaupt einen Sinn weiter zu suchen?" fragte die blonde Polizistin und die andere meinte: „Ich schließe mich Annes Frage an. Ich sehe darin keinen Sinn." Lukas und auch Tony sahen die beiden an, doch bevor einer von ihnen etwas sagen konnte, sagte Andy: „Ach Schätzchen. Ihr werft zu schnell die Flinte ins Korn. Man muss Geduld haben und seinem Instinkt folgen." Andy räusperte sich und fragte dann: „Also was könnt ihr sehen?" Die beiden Polizistinnen sahen sich an, dann Tony, der sie angrinste und Anne meinte sarkastisch: „Wald vielleicht?" Andy schüttelte den Kopf und seufzte. „Anne warte mal. Ich weiß was Andy meint. Sieh mal da drüben!" Anne folgte dem Blick ihrer Kollegin und staunte nicht schlecht. Mitten im Wald, gut verdeckt von dicken Fichten, stand ein rotes Backsteinhaus. Tony, Lukas, Mike und die Anderen schlichen sich hinüber zu dem Haus. Im ersten Moment sah es so aus, als würde es leer stehen, doch bei genauem Hinsehen, entdeckten sie Reifenspuren. „Ich sehe mich um." Mike schlich sich davon, während Tony zusammen mit seinen Leuten die Zufahrtswege suchten. Sie konnte ja nicht unsichtbar werden. Lukas wartete mit Andy und beobachtete das Haus. Alles war totenstill. Mike kam zurück geschlichen und meinte: „Sie waren hier. In einem Raum sind Folterinstrumente." Tony gelangte mit seiner Truppe zu den Anderen. Lukas sagte ihm, was Mike gesehen hatte. „Wo ist Mike?" Tony sah sich um. Lukas hatte ebenfalls nicht bemerkt, dass er erneut verschwunden war. „Hierher! Ich habe jemanden gefunden!", rief Mike, schnappte sich einen dicken Ast und schlug dreimal gegen die Fensterscheibe. Sie zerbrach und ein leises Quieken war zu hören. Tony und Lukas stiegen mit Mike in das Haus ein. An einem Stuhl gefesselt und geknebelt war eine junge Frau. Sie war nackt und ihr Körper war übersät mit Striemen und auch Brandwunden von Zigaretten. „Ganz ruhig! Wir sind von der Polizei." Tony löste den Knebel und die Frau schluchzte: „Endlich hat man uns gefunden." Lukas schnitt die Fesseln durch und Mike holte eine Decke die im Raum war. „Sind hier noch mehr?", wollte Tony wissen und die Frau antwortete: „Ja. Sie wurden draußen in den Zwinger gesperrt."

„Anne! Seht euch den Zwinger an, aber vorsichtig."

„Alles klar Tony!" Kurz darauf halfen sie der Frau nach draußen. „Sobald wir an der Hauptstraße sind, werden wir Hilfe beordern. Wie ist ihr Name?" Tony setzte sie auf einen Baumstamm und rubbelte ihr den Rücken, damit sie wieder warm wurde. „Anna-Kathrin Franke." Gerade als Tony etwas erwidern wollte, kam Andy grinsend auf sie zu. „Ich habe den Krankenwagen gerufen. Der müsste in 15 Minuten hier sein."

„Vielen Dank Andy!" Tony lächelte. „Tony! Hier sind noch zwei Frauen!", rief Anne und Tony ließ Anna-Kathrin bei Andy. Er schauderte. Die beiden Frauen, ebenfalls nackt, waren nicht ansprechbar. Sie lagen unter der Hundehütte in einem Loch. Lukas sprang in das Loch und nahm eine der beiden vorsichtig hoch. Sie rührte sich nicht. Anne und Tony zogen sie nach oben und wickelten sie in eine Decke, die sie noch im Haus gefunden hatten. Lukas hatte die zweite auf dem Arm und Mike nahm sie ihm ab. „Klara." Murmelte die Frau leise. „Ich bin Mike. Halten Sie durch. Hilfe ist unterwegs."

Tony sah sie sich an, doch sie hatte erneut das Bewusstsein verloren. „Okay Leute! Anne, Kai und Marc! Ihr haltet hier die Stellung und wartet auf die Spurensicherung. Wir kümmern uns um die Frauen!" Man merkte es Tony deutlich an, dass er angepisst war. Wie kam man nur auf die Idee, Frauen wie eine Ware zu behandeln? Geschweige denn zu quälen? Tony machte sich zusammen mit Lukas und Mike zurück zur Hauptstraße. Andy wartete bereits mit Anna-Kathrin auf den Krankenwagen, der auch endlich zu hören war. Mike trug eine Frau und Tony die zweite Frau. Mit Sirenengeheul näherte sich der Krankenwagen, doch war es nicht nur einer, sondern gleich drei. Andy schaute verlegen und meinte: „Nun ja ich habe mehr gerufen, da ihr noch zwei Frauen gefunden habt." Die drei Frauen wurden versorgt und anschließend ins Krankenhaus in Flensburg gebracht.

„Warum bist du eigentlich nicht Polizist geworden? Wir hätten dich bei manchen Fällen gebrauchen können. Es ist großartig, wie du mitdenkst." Andy wurde rot und kratzte sich verlegen am Kopf.

„Wie dem auch sei. Vielen Dank Andy." Tony reichte ihm die Hand, Lukas grinste ihn an und Mike meinte: „Ich werde auf jeden Fall bei euch im Shop vorbeischauen."

„Ihr seid alle jederzeit willkommen. Ich verabschiede mich erstmal. Lukas Herzchen, wenn ihr wieder Hilfe braucht, dann sag ruhig Bescheid." Lukas gab ihm eine brüderliche Umarmung und den Schulterknuff und antwortete: „Das werden wir und die Sachen bekommst du gewaschen zurück."

„Untersteh dich Herzchen. Sie gehören euch. Ich habe alles mit meinem Bruder besprochen."

„Das können wir nicht annehmen." Sagte Tony, doch Gehör fand er nicht. „Oh doch könnt ihr! Und wehe ich bekomme sie zurück Herzchen. Meine Rache wird fürchterlich sein. Also bis dann." Andy marschierte ohne eine Antwort abzuwarten zu seinem Mini, stieg ein und fuhr davon. Mike kratzte sich, genau wie Tony am Kopf und Lukas grinste vor sich hin. „Ein sehr netter Typ." Sagte Mike und dann fingen alle an zu Lachen.

Kurz darauf klingelte Tonys Handy und er ging ran. Mike und Lukas unterhielten sich leise bis Tony bedrückt sagte: „Vielen Dank Doktor." Lukas und Mike horchten auf. „Anna-Kathrin und Jennifer haben es geschafft, doch Klara ist gerade an den Verletzungen und Unterkühlung erlegen." Bestürzung machte sich breit. „Wir müssen diese Gang unbedingt wegsperren." Sagte

Lukas, denn so langsam hatte er Angst um Shiva. Tony sah es ihm an und meinte: „Unseren Mädchen wird schon nichts passieren." Lukas nickte zwar, aber dennoch hatte er Bedenken. „Komm Lukas. Wir fahren ins Krankenhaus und befragen unsere Opfer. Vielleicht finden wir etwas heraus, was wir noch nicht wissen." Lukas nickte und meinte: „Das machen wir."

Mike sah die beiden an, nickte und zusammen fuhren sie nach Flensburg. Als sie vor dem Krankenhaus standen, klingelte erneut Tonys Handy. „Okay, danke Henry." Neugierig sahen ihn Lukas und Mike an. „In den nächsten zwei Tagen sollen Rennen stattfinden. Auf der A7 in Richtung Hamburg und zurück."

„Das ist die Gelegenheit sie endlich zu schnappen." Meinte Lukas und Mike fragte: „Die Information kam von Hannah, richtig?" Tony sah ihn an und nickte. „Henry hat mit Hannah Mai gesprochen. Mike, ich möchte, dass du es noch nicht Marie Mai erzählst. Ich könnte mir sehr gut vorstellen, dass sie erneut auf eigene Faust handelt und das kann für sie zur Gefahr werden." Mike nickte, denn er wusste das Tony Recht hatte. Marie ist eine sehr eigenwillige Frau und Mike musste grinsen. Genau das Richtige für ihn, eine Frau, die kratzt und beißt und sich dann doch anschmiegt, wie ein Kätzchen. Tony betrat das Krankenhaus und fragte nach den beiden Patientinnen. „Anna-Kathrin Franke und Jennifer Peters liegen auf Station 3 im Zimmer 3703." Gab ihnen die Schwester am Empfang Auskunft und Tony bedankte sich. Sie fuhren in den 3. Stock, wo Station 3 neben der Intensivstation lag und fanden nach kurzem Suchen Zimmer 3703. Sie klopften an und wurden hereingebeten. „Hauptkommissar Tony Keller, meine Kollegen Kommissar Lukas Schneider und Mike Slike Undercover Agent. Wir würden Ihnen gerne ein paar Fragen stellen." Die beiden Frauen nickten und die drei nahmen auf den Stühlen Platz. Lukas schrieb mit, um auch ja nichts zu vergessen oder außer Acht zu lassen.

„Ich wurde nach der Arbeit überfallen, ein maskierter Mann umklammerte mich und hielt mir den Mund zu. Ich habe mich gewehrt, aber es half nichts. Man presste mir ein Tuch auf Mund und Nase, dann war alles schwarz. Als ich wieder zu mir kam, war ich nackt an ein Bett gefesselt. Das Zimmer dunkel gehalten. Eine Kerze brannte und ich wusste sofort das jemand im Raum war. Der Geruch einer Zigarette stieg mir in die Nase und dann sah ich ihn. Ein maskierter Mann, der an einer Zigarette zog. Dann spürte ich Schmerz. Er drückte die Zigarette auf meinem Bauch aus. Ich schrie und wand mich, aber er lachte nur. Er nahm Gerten und Rohrstöcke und schlug unzählige Male auf mich ein. Er band mich los, verging sich an mir, bevor er mich in einen Raum brachte, wo Männer uns begutachteten und wir wurden von einem zum nächsten gereicht. Befummelt, getreten. Einfach alles. Der Boss, wie sie den Mann unter der Phantommaske nannten, setzte uns als Gewinne für Motorradrennen ein." Anna-Kathrin Franke hatte zu Weinen begonnen, als sie ihre Geschichte erzählte und die von Jennifer war ähnlich gewesen. Nur hatte man Jennifer etwas auf den Kopf geschlagen, um sie sofort ruhig zu stellen. „Es wird Zeit dem ein Ende zu machen!", knurrte Mike und knirschte förmlich mit den Zähnen, fest entschlossen der Gang das Handwerk zu legen und den Boden mit ihnen aufzuwischen. Tony und auch Lukas wussten was in ihm vorging, denn ihnen ging es nicht anders. Sie verabschiedeten sich und Tony beauftragte jemanden, dass Zimmer der Frauen zu bewachen, damit niemand den Beiden etwas antun konnte. Kurz darauf fuhren sie zum Revier, um alles zu planen.

Marie fuhr gerade auf den Parkplatz und stellte ihre Maschine ab. Sie war aufgelöst. Wusste einfach nicht was sie machen sollte. Ihr Hinterteil tat extrem weh. Sie zog den Helm ab und betrat das rote fünfstöckige Hochhaus. Der Hausmeister Herr Meier sah sie wie immer missbilligend an und bevor er etwas sagen konnte, sagte Marie: „Sparen Sie es sich! Ich kenne nur zur Genüge Ihre Meinung Herr Meier. Guten Tag!" Damit war Marie in ihrer Wohnung verschwunden. Wie gewohnt legte sie ihren Helm auf die Kommode neben das Telefon. Es blinkte und sie sah darauf. Eine Nachricht auf dem AB. Sie seufzte und drückte auf den Knopf. „Frau Mai! Hier ist Mark Dirksen. Es gab einige Beschwerden wegen Ihrem Motorrad und Ihrem Verhalten. Sie werden von mir in den nächsten Tagen hören. Auf Wiederhören!" Marie war genervt. Hatte doch tatsächlich der blöde Hausmeister Meier sich beschwert. Sie fuhr immer ordentlich, außer wenn Herr Meier da war. Er hatte sie von Anfang an auf dem Radar gehabt und konnte sie nicht leiden. Das beruhte allerdings auf Gegenseitigkeit. Marie setzte sich, doch sie sprang im nächsten Moment wieder auf. Das hatte sie für einen kurzen Moment vergessen. Mike! Der Mann, der gekonnt einem Mädchen den Hintern versohlen konnte. Er wollte, dass sie nachdachte. Sie konnte es nicht fassen, dass sie sich in einen Kerl verliebt hatte, der einem einheizen konnte. Wollte sie sowas wirklich? Mit jemanden zusammen sein, der einen zurechtweist, einem die Kontrolle abnahm, wenn es sein musste? Schwierige Fragen und Marie war sich unsicher, ob sie das wirklich wollte, dennoch musste sie zugeben, dass es befreiend war und auch sehr gutgetan hatte. „Das hält man doch im Kopf nicht aus!" grummelte Marie zu ihrem Spiegelbild, denn sie war ins Badezimmer gegangen. Kaum das sie sich ansah, stellte sie fest das sie grinste. Dann schüttelte sie den Kopf und steckte ihre Hände in die Jackentaschen, da sie ihre Lederjacke noch trug und bemerkte den Zettel, den Mike ihr zugesteckt hatte. Etwas erstaunt fummelte sie den Zettel aus der Tasche, faltete ihn auseinander und dann hielt sie sich die Hand vor den Mund. Auf dem Zettel standen Name und Handynummer.

Kurz darauf wurde sie allerdings aus ihren Gedanken gerissen, da es an der Tür klingelte. „Ja einen Moment bitte!", rief Marie vom Badezimmer aus und gesellte sich schleichend zur Haustür. Marie schaute durch den Spion und sah....... Herrn Meier und Herrn Dirksen. Sie rollte mit den Augen und öffnete lächelnd die Tür. „Guten Tag. Was kann ich für Sie tun?!" Marie sah Herrn Dirksen direkt an und schenkte Herrn Meier kaum Beachtung. „Nun Frau

Mai, es wurden Beschwerden eingereicht aufgrund Ihres Verhaltens." Marie sah Herrn Dirksen noch immer an und lächelte freundlich. „Kommen Sie doch herein Herr Dirksen." Sie trat zur Seite und ließ ihn eintreten. Herr Meier wollte ebenfalls rein, doch Marie sagte entschlossen: „Sie nicht!"

„Was bilden Sie sich eigentlich ein?!", brüllte Meier sie an und Marie sagte: „Ich habe Sie nicht herein gebeten Herr Meier, also bleiben Sie draußen. Aber wenn Sie meinen bin ich bereit die Polizei dazu zu holen…" Herr Dirksen unterbrach Marie. „Das wird nicht nötig sein Frau Mai. Herr Meier gehen Sie bitte." Völlig angepisst drehte sich Herr Meier um und stiefelte in seine Wohnung zurück. Marie schloss die Tür und meinte: „Bitte setzen Sie sich Herr Dirksen. Kann ich Ihnen einen Kaffee anbieten?" Mark Dirksen überlegte kurz und meinte dann: „Ja gerne." Daraufhin begab sich Herr Dirksen in das kleine Wohnzimmer und setzte sich auf das Sofa. Marie war nicht wohl und schrieb unbemerkt eine WhatsApp Nachricht an Mike.

„Hilfe!"

Und sie sollte Recht behalten, als sie auf ihr Bauchgefühl hörte.

Mit zwei Tassen Kaffee, Milch und Zucker kam sie dazu und setzte sich Mark gegenüber. Ihr war unwohl, aber sie ließ es sich nicht anmerken. Marie hoffte das Mike vorbeikommen würde. „Vielen Dank Frau Mai." Er nahm die Tasse und nippte an der schwarzen Flüssigkeit. „Sie sagten, man habe sich über mich beschwert? Oder, wie ich vermute, Herr Meier hat sich beschwert." Mark sah sie über den Rand seiner Tasse an und meinte: „Beschwerde ist Beschwerde. Aber dem können wir abhelfen nicht wahr?" Marie sah ihn misstrauisch an. „Wie meinen Sie das Herr Dirksen?" Mark sah sie lüstern an. „Ich denke, Sie wissen was ich meine. Sie sind zurzeit ohne Arbeit und ich könnte Ihnen in der Hinsicht auch Abhilfe schaffen. Ich habe da einige Interessenten, die Sie sofort einstellen würden Marie."

„Frau Mai. Ich habe Ihnen nicht das Du angeboten." In dem Moment sprang Mark vom Sofa auf, überbrückte den kleinen

Abstand zu Marie und presste sie mit seinem Körper auf das Sofa. Dabei hielt er ihr den Mund zu. „Wissen Sie…. Sie sind einfach zur Plage geworden und meine Leute haben Sie und ihren Freund heute schon auf der A7 getroffen. Ich weiß, dass Sie kein Bulle sind, also warum mischen Sie sich in unsere Angelegenheiten ein? Ach ich weiß schon. Eine Freundin wurde von uns verschleppt. Egal meine Liebe. Sie werden nicht mehr weitermachen!" Er lachte und zog ihr Handy aus der Jackentasche, welches er auch gleich mit bloßer Gewalt zerquetschte. „Ach herrje, wie ungeschickt von mir." Marie sah ihn entsetzt an und flehte innerlich, dass Mike die WhatsApp lesen würde. Verdammt! Sie hatte direkt ins Bienennest gestochen. Marks Handy klingelte und er ging ran. „Ja, Kai?"

„Was treibst du so lange? Ich warte auf dich."

„Tut mir leid mein treuer Freund. Ich muss mich noch um eine sehr unangenehme Sache kümmern, die uns ziemlich gefährlich werden könnte!" Mark grinste dabei Marie an und sie begann zu zappeln und versuchte sich irgendwie zu befreien. „Beeile dich damit!" Dann war das Telefonat beendet. „Wir werden jetzt eine Menge Spaß haben." In dem Moment wurde die Haustür eingetreten und mehrere bewaffnete Polizisten kamen hereingestürmt. „Polizei! Sie sind festgenommen!" Mark dachte gar nicht daran und sprang von Marie auf. Er schlug Lukas die Waffe aus der Hand und verpasste ihm so einen harten Schlag ins Gesicht, dass er gegen Tony geworfen wurde. Marie hatte sich aufgerappelt und kroch zur Küche. Mark hatte jeden Beamten entwaffnet und zu Boden gebracht nur Mike war noch übrig und diesen bearbeitete er gnadenlos. Doch Mark steckte auch viel weg. Mike kämpfte unerbittlich. „Verschwinde, du Riesenbaby! Ich habe 8 Mal die Boxmeisterschaften gewonnen!" Als ob das Mike wirklich beeindrucken würde. „Schön für dich! Soll ich jetzt nach einem Autogramm fragen? Oder reicht es, dass ich es zu Kenntnis genommen habe?" Uhh. Das hatte gesessen. Mark war nun richtig wütend, stürzte sich auf Mike und schaffte es doch tatsächlich ihn zu Boden zu befördern. Doch Mike gab nicht auf. Sie rauften über den Boden. Die Beamten waren alle ausgeknockt worden und nur Tony kam so langsam wieder zu sich. Mit einem Mal fiel Mark nach vorne um. Erstaunt darüber, warum das passiert war, schob Mike den Körper von Mark von sich. Marie stand über ihn, mit einer Bratpfanne. „Sorry, ich konnte doch nicht ahnen das er gleich umfällt!" Sie zuckte mit den Schultern, was Mike Lachen und Tony, der es geschafft hatte, halb benommen aufzustehen, grinsen ließ. „Das, meine Liebe glaubt dir keiner. So eine Pfanne hat eine sehr durchschlagende Wirkung." Tony half Lukas hoch und die anderen Beamten kamen auch so langsam zu sich. Sie würden auf jeden Fall Kopfschmerzen haben. Marie fiel Mike um den Hals, der noch auf dem Boden saß und murmelte: „Ich bin froh das du da bist." Mike gab ein maskulines Lachen von sich und antwortete: „Bist du dir da so sicher Darling?" Er umschloss ihre Pobacken, die er vor gut einer Stunde kräftig bearbeitet hatte und Marie verzog das Gesicht und doch sagte sie: „Ja." Er küsste sie sanft und stand dann auf. Mike nahm sie in der Bewegung mit und drückte sie einfach nur an sich. „Ich brauche eine Aussage von dir!" Tony hatte sie einfach geduzt, drehte sich um und verließ die Wohnung, ohne eine Antwort abzuwarten. Währenddessen telefonierte er und Lukas grinste Mike und Marie an, die etwas irritiert in Mikes Armen stand. „Komm mit mir Darling." Mike küsste sie zärtlich und Marie hackte sich bei ihm ein.

Kapitel 10

„Shiva!" Mike hatte den Helm von seinem Kopf genommen. „Shiva?!" Keine Reaktion von ihr, obwohl ihr Auto auf dem Hof stand. Es lag daran das Shiva in ihrem Büro saß und telefonierte. „Komm endlich auf den Punkt!", knurrte Shiva und Mike schaute durch das offene Fenster. Er winkte ihr zu, doch Shiva zuckte erschrocken zusammen. „Warum sollte ich?", fragte sie genervt und winkte Mike herein. Er verschwand zurück nach vorne und nahm Marie an die Hand. „Können wir denn einfach so reingehen?" Marie sah ihn skeptisch an. „Natürlich. Shiva hat uns herein gewunken." Sie betraten die Wohnung und gingen direkt auf das Büro zu, wo die Tür ein Spalt offenstand. Mike klopfte an und spähte durch den Spalt. Shiva winkte sie herein. Mike bemerkte, dass Shiva müde aussah und sich die Stirn rieb. Das erste Mal, dass Shiva Anzeichen zeigte, dass sie am Ende war mit ihrer Kraft. „Und ich sage es dir noch einmal. Ich will meine Ruhe haben. Also verzieh dich aus meinem Leben." Damit legte Shiva auf und legte das Handy auf den Tisch. Sie seufzte und bemerkte erst jetzt die Begleitung von Mike. „Mike. Wie schön dich zu sehen. Wer ist denn das?" Shiva lächelte Marie an und Marie antwortete ebenfalls lächelnd: „Marie Mai. Guten Tag Shiva."

„Willkommen Marie. Setzt euch." Mike nahm auf dem Stuhl Platz und Maire auf den anderen, verzog jedoch schmerzlich das Gesicht, was Shiva nicht verborgen blieb. Sie grinste Marie wissend an und meinte dann: „Du möchtest fragen, ob Marie hier zusammen mit dir im Zimmer bleiben kann." Mike sah sie verlegen an. „Du hast mich erwischt Shiva." Mike hatte seit geraumer Zeit ein Zimmer bezogen, da Shiva es unverantwortlich fand, die ganze Zeit im Zelt zu nächtigen. Shiva überlegte. Sie sah Mike an, dass er mit Marie glücklich war, aber dennoch war sie eine Pension für BDSM und Spankingliebhaber und keine Notunterkunft. Mike sah sie flehend an. Shiva seufzte. „Nun gut Mike. Aber bitte holt nicht noch mehr. Ich habe nicht so viel Platz. Und ich bin keine normale Herberge." Marie sah sie sparsam an, denn sie wusste nicht, was Shiva damit meinte. „Ich erkläre es dir später Darling. Danke Shiva." Er nahm Shiva in den Arm und flüsterte: „Du solltest dich ausruhen Kleines!" Sie nickte müde und sie verabschiedeten sich von Shiva. Kaum, dass Mike und Marie das Büro verlassen hatten, klingelte erneut Shivas Handy. „Shiva Hansen!" Sie ahnte nicht, dass Mike und Marie hinter der Tür standen. „Wie sie ist krank?" Fragte Shiva auf dänisch und war schon sichtlich genervt. Mike verstand sie zwar nicht, aber durch den Tonfall, konnte er erraten das sie sauer war. „Ja okay. Wie lange ungefähr?", fragte Shiva und dann meinte sie: „Bin in ungefähr einer Stunde da." Damit legte sie auf und knallte ihre Faust auf den Tisch. Mike hatte genug gehört und verschwand mit Marie leise aus Shivas Wohnung. Zusammen begaben sie sich ins das Zimmer Nummer eins.

Shiva hingegen schrieb Lukas eine WhatsApp Nachricht, dass sie Vertretung machen würde für zwei Wochen. Die Antwort von Lukas war nur ein „Okay, pass auf dich auf." Shiva dachte nach. Es konnte einfach nicht mehr so weitergehen. Shiva verließ das Büro und begab sich zu ihrem Auto. Sie stieg ein und verließ den Hof, hielt an und zog das Tor zu, verschloss es aber nicht, da Mike und Marie anwesend waren. Rick war mit Maybrit in der Stadt Flensburg schoppen.

Während der Fahrt zu ihren Chefs, hatte Shiva die Musik aufgedreht. Sie hörte gerade eine Gothic Metal Gruppe und wippte mit der dröhnenden Musik im Auto. Sie passierte die Grenze und fuhr direkt nach Apenrade. „Himmel!" Fauchte Shiva, ein dicker Audi Geländewagen hatte sie geschnitten und der Fahrer grinste auch noch frech. Natürlich war Shiva sauer, aber sich noch über solche Idioten aufzuregen, würde eh nichts bringen. Endlich hatte sie das Haus ihrer Chefs erreicht. Lara öffnete die Tür. „Vielen Dank Shiva. Komm doch bitte kurz herein, ich muss mit dir sprechen." Oh je, gar nicht gut. Lara zeigte auf den Küchenstuhl. Auf dem Tisch lagen ein Umschlag und eine Dose mit Mineralwasser. Shiva ahnte etwas, aber ihr war es inzwischen egal. „Wir wissen, dass du verlässlich und flexibel bist, obwohl du deine eigene Pension aufgemacht hast." Fing Lara an und Shiva nahm einen Schluck Wasser. „Nur leider sind uns die Kunden abgesprungen, die du betreust." Lara schob Shiva den Umschlag hin und sagte: „Wir müssen dich leider entlassen zum Ende dieses Monats." Shiva musste das kurz sacken lassen. „Entlassen. Puh ja, das kommt aber plötzlich." Shiva rang um Fassung. „Ich weiß. Wir danken dir, dass du uns so viel geholfen hast bei Krankheit sowie Urlaubsvertretung. Doch wir können dich nicht weiter beschäftigen. Tut mir leid!" Shiva nickte und sagte: „Okay." Lara sah Shiva erleichtert an. Shiva stand auf, verabschiedete sich und begab sich zu der Vertretungsstelle. Ja das kam plötzlich. Und dabei war alles gut gewesen bei der Personalbesprechung vor drei Monaten. Nun denn, ärgern brachte nichts, also in den sauren Apfel beißen und dann sehen wie es weitergeht. Sie sollte es positiv sehen, dann hatte sie Zeit sich um das **Seidenfeuer** zu kümmern. Wie gewohnt machte sie ihre Arbeit gewissenhaft und grübelte über die Entlassung nach. Sie wusste es von einigen Kunden, dass diese sich nach einer günstigeren Firma umgesehen hatten, aber sie hatte nicht damit gerechnet das drei von ihnen wirklich eine gefunden hatten. Das Küchenportal, der Bürokomplex Parken und die Sozialstation fielen nun weg. Es blieb also nur der Optiker und die Werkstatt mit jeweils 1 Stunde und dafür brauchte man nicht losfahren.

Endlich Feierabend.

Mit einem Seufzen saß Shiva in ihrem Auto. Sie tippte mit dem Umschlag auf dem Armaturenbrett herum. Die Sonne war nicht mehr zu sehen, aber sie färbte den Himmel in rote und lila Farben. Mit dem Kopf an der Stütze gelehnt, sah sie gedankenverloren hinaus. Ihr Handy brummte. Eine SMS. Sollte sie drauf sehen? Hm. Sie schaute doch auf ihr Handy und sah das es Lukas war.

„Wird sehr spät heute!"

„Okay. Pass auf dich auf. Ich liebe dich." War Shivas Antwort und sie startete den Motor. Was sie wunderte war, dass er dieses Mal nicht „Ich liebe dich auch" erwiderte. Vielleicht hatte er es vergessen. Sie fuhr nach Hause.

Dort angekommen, war das Tor verschlossen. Klar es war inzwischen dreiundzwanzig Uhr und sie war richtig müde. Shiva stieg aus, schloss das Tor auf und fuhr hindurch. Danach verschloss sie das Tor wieder, fuhr zu ihrem Parkplatz und begab sich in die Wohnung. In der Küche machte sie sich ein Brot mit Thunfisch und öffnete den Umschlag. In dänischer Sprache stand geschrieben, dass man sie aus gewerblichen Gründen entlassen musste. Sie seufzte und biss lustlos in das Brot. Irgendwann, sie hatte nicht auf die Uhr gesehen, ging sie zu Bett. Doch sie schlief nicht sofort ein. Nein sie lauschte in die Nacht. Völlige Dunkelheit und Stille umgab sie. Doch sie fühlte sich unbehaglich, so als würde sie jemand beobachten. Aber das konnte nicht sein, denn sie hatte alles verschlossen und sie hatte ja Überwachungskameras draußen, die alles im Blick hatten. Hoffentlich. In ihr kam ein komischer Gedanke. Sie stand noch einmal auf und begab sich ins Büro. Sie schlich im Dunkeln zum Fenster und spähte hinaus und zog dann das Plissee herunter. Kurz darauf fuhr sie den Laptop hoch und saß etwas unentschlossen davor. Sollte sie auf die Kameras zugreifen? Shiva klickte sie an und beobachtete, was draußen zu sehen war. Nichts! Nur Stille und Dunkelheit. Sie stellte auf Nachtsicht um und sah eine Gestallt auf dem Zaun sitzen. Ihr stockte der Atem. „Okay Freundchen. Dich kriege ich!" Knurrte sie und schnappte sich ihren Nordic Walking Stock. Shiva schlich zur Tür und begab sich vorsichtig nach draußen. Jedoch war sie nicht unbemerkt geblieben. Rick hatte sie gesehen wie sie nach Hause kam, hatte jedoch selbst ein merkwürdiges Gefühl gehabt und war auf Beobachtung gegangen. Er beobachtete Shiva, wie sie mit dem Stock bewaffnet, am Zaun entlang schlich und leise das Tor öffnete. Dann schlich sie zurück und schlug in die Dunkelheit. „Ahh!" Brüllte jemand, fiel vom Zaun und Shiva stürzte durch das Tor, um die Person zur Rede zu stellen, doch sie war verschwunden. Rick hatte alles gesehen und war hinterhergeschlichen, um ihr zu helfen. „Wo ist er hin?", flüsterte Rick hinter Shiva und sie erschrak. „Ah!" Schrie sie auf und Rick hielt blitzschnell ihr den Mund zu. „Entschuldige bitte." Shiva sah ihn böse an, er ließ sie los und zusammen schlichen sie umher. Niemand war zu sehen. „Er ist weg." Shiva war frustriert, was Rick verstand. „Wir sehen uns das Video morgen zusammen mit Lukas und Tony an." Shiva nickte ihm zu und sie begaben sich zurück, verschlossen das Tor und jeder verschwand in die eigenen vier Wände.

Bei Tony und Lukas war alles organisiert. Sie wollten die Gang „The Pain" endlich zur Strecke bringen und sie hatten nur diese oder die nächste Nacht. „Nun gut Leute, wir werden uns an der A7 positionieren. Wenn wir Glück haben, dann sacken wir sie heute ein. Wir werden diese Funkgeräte verwenden. Sie laufen über eine andere Frequenz, als die normalen Funkgeräte und ermöglichen uns weiterhin Kontakt zu halten. Mike du bist unser Späher." Tony sah Mike an und er nickte ihm zu. „Lukas, du begibst dich auf den Parkplatz bei Schleswig Schuby." Lukas nickte Tony zu und sammelte Mark ein. Nach der restlichen Einteilung, fuhr Tony ebenfalls los. Während der Fahrt zum Parkplatz am Handewitter Forst, telefonierte er mit Henry Karlsen. Natürlich trommelte er auch seine Leute zusammen, um den Flensburger Kollegen zu helfen. Mike fuhr gelassen auf der A7 in Richtung Hamburg. Nichts Auffälliges war zu sehen. Schwarze Nacht. Kaum ein Auto war unterwegs. Gemütlich und aufmerksam fuhr Mike weiter, bis auf einmal ein Motorrad zu ihm aufschloss. Er tat so als würde er den Fahrer nicht bemerken, doch nach einiger Zeit bemerkte er, wer es war. Marie! Das kleine Biest hatte sich erneut seinen Anweisungen widersetzt. Mike fuhr auf einen Rastplatz, Marie folgte natürlich. „Was tust du hier?" Mike war nicht begeistert.

Marie nahm den Helm ab und grinste ihn an. „Ich möchte helfen." Mike hielt sich die Hand vor die Stirn. „Marie, das ist zu gefährlich." Sie zog einen Flunsch der einen Preis gewonnen hätte, bei einem Wettbewerb. „Aber.."

„Nichts Aber. Es ist zu gefährlich und ich verlange, dass du zurückfährst. Ich befasse mich mit dir später noch ausgiebig und ich erwarte das du kreativ bist." Verdutzt sah sie Mike an. Er gab ihr einen zarten Kuss, setzte den Helm auf und fuhr auf die A7. Marie blieb frustriert zurück, aber fuhr doch wieder zurück zum **Seidenfeuer**. Mike fuhr langsam rauf auf die A7, als ein Motorrad vorbei rauschte und er dann auch Gas gab, aber es war keiner von „The Pain". Frustration machte sich breit. Es blieb die ganze Nacht still. Gegen fünf Uhr morgens, kam eine Durchsage von Tony. „An alle Einheiten! Wir brechen die Aktion für heute ab. Kommt zurück zum Parkplatz Handewitt in Richtung Hamburg. Ende!" Mike war richtig frustriert, fuhr Kaltenkirchen runter und auf der anderen Seite wieder rauf um nach Handewitt zu kommen. In Gedanken an Marie, fuhr Mike mit 210 Sachen über die Autobahn. „Hoppla! Ich bin viel zu schnell." Grummelte Mike unter seinem Helm und wurde rasant von 15 Bikern überholt mit der Jacke „The Pain". Ohne lange zu überlegen, drückte Mike den Knopf von seinem Funkgerät und sprach hinein: „Tony! Sie sind unterwegs! Fahren Richtung Flensburg!"

„Ich habe verstanden! Hänge dich dran, wir kommen!" Mike drehte so richtig die Maschine auf und donnerte über die A7. Er überholte mit Lichthupe einen Streifenwagen, der Henrys Leuten gehörte und sie reagierten schnell. Mit Blaulicht ging die Jagd los. Schleswig Schuby schlossen sie auf und Tonys Mannschaft kam gerade wieder auf die A7 gefahren. Lukas hatte mit seinem Trupp die Ausfahrten Tarp, Flensburg und Handewitt abgesperrt. Alle bretterten hinter den Bikern her. Sie wurden immer schneller, aber nachdem „The Pain" festgestellt hatten, dass Tarp und Flensburg abgeriegelt waren, wurden die Leute langsamer und gaben sich geschlagen. In Handewitt wurden sie endgültig gestoppt. Nur einer drehte auf und preschte an der Absperrung vorbei in Richtung Dänemark. Mike und Lukas setzten ihm im Wagen nach. Doch an der dänischen Grenze war dann Schluss. Die dänischen Beamten hatte sehr wohl das Blaulicht der deutschen Kollegen gesehen und die Grenze komplett dicht gemacht mit ihren Fahrzeugen und mussten voller Entsetzen mit ansehen, wie ein Biker direkt in den Markierungslastwagen, der anzeigte, dass die Spur auf eine Fahrbahn verengt wird, krachte. Das Motorrad zersprang förmlich und flog gegen eines der dänischen Polizeiwagen, worauf das Blaulicht von ihm aus ging. Lukas und Mike bremsten mit quietschenden Reifen ab und hielten. Mikes Helm flog auf die Straße und Lukas sprang aus seinem Auto, als es eine dänische Beamtin ihnen entgegeneilte. „Er ist tot. Folgt mir bitte." Sagte sie und zusammen gingen sie zu dem demolierten LKW und besahen sich alles. Alle sprachen wild durcheinander, niemand konnte glauben, dass es gerade wirklich passiert war. Es gab hin und wieder Unfälle mit Autos, weil LKW oder PKWs nicht aufpassten und zu schnell an die Grenze fuhren, aber dass jemand noch mal so richtig beschleunigte, um sich dann das Leben zunehmen, ist ihnen auch noch nicht untergekommen. Die Gestalt konnte man erst gar nicht erkennen, doch dann, als der Scheinwerfer direkt in das Schild gehalten wurde, konnte man sehen, dass der Biker keinen Helm mehr aufhatte. Naja Helm war nicht richtig. Das Metall der elektronischen Markierung hatte dem Fahrer sauber den Kopf abgetrennt. Alles war voller Blut. „Oh mein Gott!" Die dänischen Beamten sprachen es aus, was Lukas und Mike dachten. Die dänischen Polizisten versuchten gerade die Leiche aus dem LKW zu pulen, als noch ein Polizeiwagen mit Blaulicht direkt neben ihnen hielt. Es war Tony. „Haben wir...... Oh ich sehe schon. Frage hat sich erübrigt." Sagte Tony und Lukas meinte: „Wir haben unser Bestes getan."

„Ich hätte einfach schneller sein müssen." Mike klang deprimiert. „Schon gut mein Freund. Es ist nicht deine Schuld." Sagte Tony und wandte sich den dänischen Kollegen zu. „Guten Morgen.

Henrik Andresen. Ich bin der Leiter der Einheit hier Grenzschutz." Stellte sich ein dänischer Polizist vor und reichte Tony, Lukas und Mike die Hand. „Tony Keller Kommissar und das sind mein Kollege Lukas Schneider und Mike Slike."

„Oh ein Engländer. Sehr erfreut. Kommt doch mit in den Container, so sagt man doch bei euch? Da besprechen wir den Rest." Tony grinste den Mann an und sie folgten ihm. Während sie in dem Container saßen, wurde draußen aufgeräumt und alles wieder freigegeben. „Wir haben viel davon gehört. Der Bande die sich „The Pain" nannte ich meine." Tony schmunzelte belustigt über die Sprachweise des dänischen Kollegen, aber er war so freundlich und beließ es dabei. Für Tony selbst würde sein Dänisch, was er aus dem Schulunterricht noch konnte, wohl eher einen Lacher der dänischen Kollegen entlocken. „Einfach schrecklich." Sagte Henrik und hielt die Kaffeekanne hoch. Alle nickten und so schenkte Henrik allen Kaffee ein. Lukas schielte derweilen auf die Uhr. Halb sieben war es und so langsam merkte er seine müden Knochen. Auch Tony und Mike waren müde, doch ließen es sich nicht anmerken. „Wir werden den Leichnam für euch, wie sagt man, einpacken?" Henrik suchte nach den richtigen Worten. „Vielen Dank Henrik. Wir wissen es zu schätzen, dass du uns hilfst und entgegenkommst." Henrik war gerührt über die Freundlichkeit der deutschen Kollegen und meinte: „Wenn ihr Zeit habt kommt uns doch mal besuchen. In.. in… wie sagt man?"

„Inoffiziell." Antwortete Lukas und Henrik grinste sie an und nickte dann. Daraufhin verabschiedeten sie sich von Henrik und draußen auf dem Platz, stand bereits ein deutscher Leichenwagen, in dem gerade die Leiche geschoben wurde. Jetzt mussten sie nur noch herausfinden wer der Tote eigentlich war. „So Leute. Ab nach Hause. Auf uns wartet nachher noch viel Arbeit, aber wir müssen ausgeruht sein." Sagte Tony und sie begaben sich zu den Fahrzeugen und fuhren zum Revier zurück. Dort tauschten sie die Fahrzeuge und fuhren zum **Seidenfeuer**, um sich für ein paar Stunden aufs Ohr zu hauen.

Kapitel 11

Lukas schnarchte vor sich hin. Träumte von der rasanten Verfolgungsjagd und schreckte urplötzlich aus seinen Traum. Etwas abgehetzt blinzelte er. „Geht es dir gut? Du hast gebrüllt, als wäre der Teufel hinter dir her." Shiva sah ihn besorgt an. Lukas rieb sich die Stirn und antwortete müde: „Mir geht's gut Shiva." Lukas stand auf und begab sich ins Badezimmer. Shiva sah ihm verdutzt nach. Wieso nannte er sie Shiva und ließ sie dann einfach auf dem Bett sitzen? Sie hörte das Wasser rauschen. Seufzend ging Shiva in die Küche und setzte Kaffee auf und machte für Lukas zwei Toasts fertig. Shiva sah gedankenverloren hinaus auf den Hof. Sie hatte noch ein Stunde Zeit, bevor sie arbeiten musste. Lukas schlich zur Küchentür und beobachtete Shiva. „Es tut mir leid Kleines. Es hat nichts mit dir zu tun. Es war einfach nur alles sehr nervenaufreibend letzte Nacht." Shiva drehte sich zu ihm um. Lukas erkannte, dass sie stumm geweint hatte. Sie hatte zwar die Tränen fortgewischt, aber ihre rote Nase verriet sie. Er hatte ein schlechtes Gewissen. Den Abstand zu Shiva überbrückte Lukas mit 4 Schritten und nahm sie in den Arm. „Es tut mir wirklich leid. Ich habe nicht geahnt, dass mein Verhalten so schlimm war."
„Wie kommst du darauf? Ich meine das mit dem Verhalten." Shiva presste ihr Gesicht an seine Brust. Lukas lachte leise, was Shiva im Gesicht vibrierte. „Ich bin nicht blöd Kleines und außerdem bekam ich eine WhatsApp von Julia." Shiva sah zu ihm auf und musste unweigerlich lächeln. „Julia. Warum frage ich eigentlich?!" „Das weiß ich nicht, aber sie hatte schon von Anfang an einen Riecher für Dinge die einen belasten." Lukas lachte, drückte Shiva an sich und bemerkte erst jetzt den Umschlag auf dem Küchentisch.

Er schob Shiva von sich weg. „Ist bei dir denn alles in Ordnung?" fragte Lukas und Shiva sah ihn an. „Ja es ist alles okay." Lukas sah erneut zu dem Umschlag auf dem Tisch. „Bist du dir sicher?", hakte er nach, doch Shiva wich ihm aus. „Ja alles bestens." Shiva nahm den Umschlag, steckte ihn in ihre Handtasche und sagte lächelnd: „Wir sehen uns später Schatz." Sie drückte ihm einen Kuss auf die Wange und verließ die Wohnung. Lukas blieb Kopfkratzend zurück. „Hm, ist ja merkwürdig." Lukas ahnte, dass es eine Kündigung war, aber er war der Meinung, dass Shiva schon mit ihm sprechen würde, wenn sie bereit war. Lukas verspeiste geräuschvoll die Toasts und musste grinsen, bei der Vorstellung, was Shiva wohl sagen würde, wenn sie ihn jetzt sah und hörte. Es brach aus ihm heraus. Lukas lachte laut und hielt sich den Bauch. Lukas bekam es gar nicht mit, aber Tony stand am Fenster und beobachtete ihn, wie er sich vor Lachen auf dem Boden herumkugelte. Tony klopfte laut an das Fenster. Lukas fuhr zusammen, stand auf und öffnete das Fenster. „Tag Tony." Begrüßte ihn Lukas und Tony meinte grinsend: „Es scheint sehr lustig gewesen zu sein." Lukas kratzte sich am Kopf und erzählte es ihm. Tony musste ebenfalls kurz lachen über die Vorstellung, wurde dann aber ernst. „Wir wissen jetzt, wer der Tote ist. Kai Wartmann, 40 Jahre, Wohnhaft in Flensburg." Klärte Tony Lukas auf und Lukas winkte ihn herein und deutete auf den Stuhl. Tony setzte sich und erzählte weiter. „Kai schien völlig vernarrt in Hannah Mai gewesen zu sein, denn Kai ist oft negativ aufgefallen und wurde wegen Belästigungen angezeigt. Zwar nicht von Hannah Mai, aber von jungen Frauen die Hannah ähnlich sahen. Von seinen Handlangern wissen wir, dass Kai Wartmann der Boss der „The Pain" Gang war und sich auch gegenüber seinen Leuten oft merkwürdig verhalten hatte."

„Warum hat denn niemand etwas unternommen, wenn es den Leuten auch aufgefallen ist?" Lukas fragte eigentlich mehr sich selbst, als Tony, doch Tony antwortete: „Erinnere dich mal zurück. Am Anfang des Jahres haben wir eine männliche Leiche in der

Flensburger Förde geborgen."

„Du meinst den angeblichen Taucher Schmidt." Tony nickte. „Einer der Leute von „The Pain" hat berichtet, dass er gesehen hat, wie Kai ihn erschossen und anschließend in sein Auto verfrachtet hat. Und Kai hat jedem gedroht, der aussteigen wollte oder der den Mund aufmachte, zur Strecke zu bringen." Lukas nickte und sie unterhielten sich noch darüber. „Ich hoffe, dass Hannah alles verarbeiten kann, genau wie die anderen beiden Damen."

„Oh ja Lukas. Dass hoffe ich auch."

„Themawechsel. Ich weiß, dass es wohl nichts zu bedeuten hat, aber ich glaube Shiva hat oder wird kündigen." Tony hob erstaunt eine Augenbraue. „Was macht dich da so sicher?" Lukas sah ihn an und meinte nachdenklich: „Ich habe vorhin einen Umschlag auf dem Tisch liegen sehen. Ich fragte Shiva, ob alles in Ordnung wäre und sie hatte mit ja geantwortet. Ich hakte natürlich noch mal nach und sie beharrte darauf, ergriff den Umschlag und verschwand dann zur Arbeit." Tony nickte. „Lukas mein Freund, wenn sie bereit dazu ist, mit dir darüber zu reden wird sie es tun. Es ist immer eine schwierige Entscheidung und du weißt wie gerne sie arbeitet." Tony lächelte ihn an und Lukas sagte nachdenklich: „Ich weiß Tony, ich hoffe nur, dass ich sie nicht zu sehr mit Rick unter Druck gesetzt habe."

„Ich verstehe deine Bedenken. Lass ihr Zeit." Tony klopfte Lukas auf die Schulter und begab sich zusammen mit ihm auf den Hof, wo Rick mit Maybrit stand, allerdings in einem Streit vertieft. „Ich will das einfach nicht! Lass mich in Ruhe damit okay?" Rick sah Maybrit schon fast wütend an. „Hat es dir denn gar nicht gefallen?", fragte Rick und Maybrit fuhr ihn an: „Einiges ja, anderes nein. Und ich habe darüber nachgedacht und ich wusste nicht, wie ich es dir sagen sollte, aber es geht nicht. Es ist einfach nicht meine Welt. Es tut mir leid Rick." Maybrit standen Tränen in den Augen. Tony und Lukas traten auf die Beiden zu. „Ist alles in Ordnung bei euch?", wollte Tony besorgt wissen, doch Maybrit schüttelte den Kopf. „Es tut mir leid, aber die BDSM -Welt ist einfach nicht mein Ding."

„Okay Maybrit. Ich lasse dich in Ruhe. Du kannst gehen, wenn du es möchtest. Nur versprich mir, dass du auf dich aufpassen wirst." Rick hob ihr Kinn an und Maybrit musste ihn ansehen. „Ja ich passe auf mich auf. Mach es gut Rick. Ich danke dir und ich danke auch euch" Sie wandte sich Tony und Lukas zu „dass ihr mich hier aufgenommen habt, in der schweren Zeit. Bitte sagt Shiva von mir auch vielen Dank und schöne Grüße." Damit drehte sich Maybrit um, verschwand in dem Zimmer von ihr und Rick und packte ihre Sachen. Rick stand nun da, wie ein begossener Pudel. „Du findest schon die Richtige für dich mein Freund." Tony hatte ihm die Hand auf die Schulter gelegt und Lukas meinte schmunzelnd: „Ganz bestimmt. Und bis dahin wird halt Shiva oder Julia herhalten müssen." Rick lächelte dankend und antwortete dann: „Danke meine Freunde. Ich komme darauf zurück. Aber jetzt möchte ich erstmal über alles in Ruhe Nachdenken. Und ich bin gespannt was Shiva sagt, wegen der Teilhaberschaft." Tony und Lukas nickten und sie unterhielten sich noch, bis Maybrit aus Ricks Zimmer kam. „Tony, Lukas. Ich möchte mich noch einmal bei euch herzlich bedanken für eure Hilfe."

„Ach Liebes, das war doch selbstverständlich." Tony drückte Maybrit an sich. „Wir konnten doch nicht zulassen, dass du oder sonst jemand weiterhin in Gefahr lebt." Sagte Lukas und nahm Maybrit zum Abschied ebenfalls in den Arm. „Danke." Maybrit wandte sich Rick zu und suchte nach den passenden Worten. „Rick, ich möchte mich auch bei dir bedanken. Auch dafür das du mich anstellen wolltest, aber es würde nicht gutgehen." Maybrit senkte den Kopf und wippte auf ihren Füßen vor und zurück. „Ich weiß Liebes, ich weiß. Pass auf dich auf." Rick gab ihr einen sanften Kuss auf die Stirn und Tony meinte grinsend: „Ich verlange allerdings, dass du uns mal besuchen kommst. Shiva wird bestimmt traurig sein."

„Ich weiß. Ich habe ihr einen Brief geschrieben. Gib ihn bitte Shiva." Maybrit gab Lukas einen Umschlag und er nickte ihr zu. „Ich werde sicher vorbeischauen, aber erstmal muss ich mein

Leben wieder in den Griff bekommen. Es ist nun mal aus den Fugen geraten."

„Wir verstehen dich Maybrit. Alles Gute Liebes." Maybrit lächelte alle an und dann zog sie ihren kleinen Rollkoffer hinter sich her zum Hoftor und verschwand. „Ach ja." Seufzte Rick und begab sich in den „kleinen Saal", um sich einen Kaffee zu nehmen, den Shiva vor einer Stunde aufgesetzt und dann umgefüllt hatte in die Kaffeekanne. Tony und Lukas gesellten sich zu ihm. Rick stützte sein Kinn auf die Hand und meinte: „Es soll wohl nicht sein, dass ich eine Partnerin habe." Tony sah ihn an und sagte voller Zuversicht: „Natürlich findest du jemanden. Es gibt leider auch Menschen die unsere Neigung erst teilen und dann doch nicht damit klarkommen. Maybrit war so ehrlich und hat es dir mitgeteilt." Rick seufzte und antwortete: „Ich habe überreagiert im Zimmer. Maybrit flüchtete nach draußen und ich konnte sogar verstehen warum." Alle drei sahen sich an. Tony legte ihm die Hand auf die Schulter. „Mache dir keine Vorwürfe Rick. Es ist alles gut gegangen."

„Danke Lukas. Tony. Ich hätte es mir auch nicht verziehen, wenn ich Maybrit aus Wut und Enttäuschung geschlagen hätte. Ich danke euch beiden." Tony und Lukas grinsten ihn an. „Du weißt ja was dir geblüht hätte und Shiva kann ordentlich streng sein." Tony grinste und Rick verdrehte die Augen. „Ich weiß. Ihr Nordic Walking Stock hat gesessen und hatte auch die Wirkung, wie ein dicker ummantelter Rohrstock." Lukas lachte auf. „Du hast ihn ja nicht gespürt, sondern Mike!"

„Aber ich habe gesehen, was dieser für einen blauen Streifen verursacht hat, weil Mike sich beklagt hatte nicht richtig sitzen zu können." Grinste Rick und sie lachten herzhaft. Sie wussten alle, dass solche Striemen erst nach ein paar Tagen zu sehen waren. Sie gehen nach innen und dann nach außen. „Aber jetzt mal was Ernsteres. In der letzten Nacht hat sich hier jemand herumgetrieben. Shiva sagte mir in der Nacht, es habe eine Gestalt auf dem Zaun gesessen. Sie hat irgendjemandem mit ihrem Nordic

Walking Stock eine verpasst, nur leider waren Shiva und ich nicht schnell genug gewesen." Tony und Lukas waren besorgt. „Hat Shiva dir etwas erzählt Lukas?", fragte Tony, doch Lukas schüttelte den Kopf. „Nein, was auch daran liegt, dass ich zurzeit sehr abweisend zu ihr war." Tony nickte nachdenklich und meinte dann: „Wir sehen uns das Band von letzter Nacht an." Sie nickten Tony zu und gingen zusammen rüber zu Tonys Wohnung, um von dort in das Büro von Shiva zu gelangen. Das Büro verband die beiden Wohnungen. Lukas setzte sich an den Schreibtisch, öffnete den Laptop und fuhr ihn hoch. Es dauerte einige Sekunden, bis Lukas endlich auf die Videos zugreifen konnte. Shiva kam um 23 Uhr nach Hause und verschloss das Tor. Dann war bis 00 Uhr nichts zu sehen, doch dann bewegte sich ein dicker Ast von der alten Eiche hinter dem Zaun. Kurz darauf stiegt eine Gestalt darauf, sprang elegant herunter und schlich umher. Die zweite Kamera hat die Gestalt am Fenster von Lukas und Shivas Schlafzimmer aufgenommen, doch die Gestalt schlich zurück zum Zaun. Sie schaute sich um und sprang aus dem Stand nach oben, hielt sich am Zaun fest und war schnurstracks oben. Dort blieb er dann einfach sitzen. Eine halbe Stunde später schlich Shiva auf den Zaun zu. Doch dann schlich sie zum Tor und schlich dann zurück zu der Stelle, wo die Gestalt saß. Ein gezielter Schlag nach oben und die Person fiel rücklinks herunter. Shiva sauste zum Tor, gefolgt von Rick. Einige Minuten später waren beide wieder zu sehen und Shiva verschloss das Tor. „Hm. Man kann kein Gesicht erkennen, da die Person eine Skimütze trägt. Verdammt!" Tony trommelte mit den Fingern auf dem Tisch herum. „Ich habe da so einen Verdacht, aber ich bin mir nicht sicher." Meinte Lukas und Rick sah ihn fragend an. Tony wusste wen Lukas meinte. „Shivas Ex-Freund könnte es sein. Aber wir haben nichts gegen ihn in der Hand und daher können wir keine wilden Anschuldigungen machen."

„Da hast du natürlich Recht. Also weiter auf der Hut sein." Sagte Rick und sie begaben sich zurück zum „kleinen Saal". Während sich Tony, Lukas und Rick noch unterhielten, kam Marie in den „kleinen Saal". Natürlich sahen alle auf und Marie fühlte sich etwas unbehaglich. Sie blieb unentschlossen stehen. „Komm zu uns Marie. Wir beißen nicht." Tony war aufgestanden und kam auf sie zu. „Ich wollte euch nicht stören!" Marie wollte gehen, doch Tony ließ sie nicht. Im Gegenteil. Er schob sie zu dem freien Stuhl neben Lukas, der grinsend auf die Sitzfläche klopfte. Widerwillig setzte sich Marie vorsichtig hin. Lukas musterte sie interessiert und Rick sah sie amüsiert an. Marie saß zwischen den Wölfen, nur so konnte sie sich das Gefühl der Beklemmung erklären. Sie war das Lamm, über das sie gleich herfallen wollten. „Beruhige dich. Wir haben keine bösen Absichten." Sagte Lukas und Marie brachte nur ein verunglücktes Lächeln zustande. „Du hast Fragen. Das sehe ich dir an der Nasespitze an." Grinste Rick und Marie stotterte: „Nun ja…. Ja ich habe Fragen." Tony, Lukas und Rick sahen Marie erwartungsvoll an. „Was genau ist das hier? Ich meine, was macht ihr hier und ist es legal?" Sie fingen an zu lachen. Es war freundliches Lachen. „Ja es ist legal, was wir hier machen. Und das hier ist ein BDSM-SM- und Spanking Domizil und auch ein Club."

„BDSM? SM? Spanking?" Marie sah sie fragend an. „Spanking ist nichts anderes als das traditionelle Hintern versohlen. BDSM =Bondage & Discipline, Dominance & Submission, SM =Sadism & Masochism hat mit Fesseln und Qualen jeglicher Art zu tun, die durchaus sehr lustvoll sein können." Erklärte Tony und Marie sah etwas verwirrt drein. „Nehmen wir einfach mal Kerzenwachs." Grinste Lukas, während Marie nun entsetzt aussah. „Es ist im ersten Moment heiß, doch dann ist es angenehm." Sagte grinsend Lukas. „Das glaube ich nicht. Wie kann das angenehm sein?" Tony stand auf und holte eine Kerze. Skeptisch sah Marie die Kerze an, die Tony anzündete. „Strecke deine Hand aus. Handfläche nach unten." Etwas unsicher folgte Marie der Bitte. Lukas nahm federleicht ihr Hand, während Tony die Kerze schräg hielt und etwas Wachs auf den Handrücken tropfte. „Sss!" Aus

Reflex, wollte Marie zurückziehen, was Lukas verhinderte. Erwartungsvoll sahen alle drei Männer Marie an. „Es hat nicht weh getan. Es war eher der Schreck, weil es kurz heiß war, aber dann nicht mehr."

„Und so kann man sich eine Qual vorstellen, aber du solltest erstmal herausfinden was dir liegt und was du möchtest." Sagte Tony und Rick meinte: „Das ist natürlich nur mit dem geeigneten Partner möglich."

„Richtig oder mit einem Spielpartner, der Erfahrung hat und zusammen mit dir die Grenzen austestet. Du musst nur die Regeln beachten, dass man sich vollkommen vertraut und verantwortungsvoll die Safeworte einsetzt." Sagte Lukas. „Gelten diese Safeworte immer und überall?" Es war eine wichtige Frage und Rick beantwortete sie: „Immer. Es ist völlig egal wo du mit oder ohne Partner hingehst. Wenn du Gelb sagst, bedeutet es Pause und die wird auch eingehalten. Rot bedeutet, dass eine Session abgebrochen wird. Es wird darüber gesprochen warum es so weit gekommen ist und es wird eine Lösung gefunden."

„Und wenn man in Locations ist oder Clubs, dann passen auch andere Doms und Master auf, dass der Sub nichts passiert, was ihr und ihrer seelischen Verfassung schadet." Ergänzte Lukas. Marie schwirrte der Kopf. „Und was genau macht eine Sub?" Marie lief rot an. Sie fühlte sich irgendwie dumm, weil sie keine Ahnung hatte. „Es ist vollkommen in Ordnung, dass zu Fragen." Sagte Tony und als Marie in die Runde sah, stellte sie fest, dass sie weder abfällig betrachtet wurde, noch dass man sie auslachte. „Eine Sub ist jemand der passiv veranlagt ist und sich voll und ganz seinem Dom/Master hingibt, aber auch rebelliert, was das Ganze spannender macht. Egal was der Dom/Master ihr antut, vertraut sie ihm und weiß das er ihr niemals Schaden wird. Auch wenn die Sub es nicht immer glaubt, weiß der Dom/Master wie weit er gehen kann, um möglichst viel Genuss für beide zu erzielen." Erklärte Tony, während Lukas ihre Hand streichelte. Erst jetzt bemerkte Marie, dass sie zitterte. „Ich schlage vor, du sprichst mit Shiva und

Julia darüber. Unsere kleinen Monster wissen wie sie uns kriegen. Denn in Wahrheit haben die Subs die Macht." Lachte Lukas und Rick fiel mit Tony ins Lachen ein. „Okay. Danke für die kleine Erläuterung. Ich muss zugeben, dass ich Angst habe." Gestand Marie und dieses Mal antwortete Rick: „Es ist ganz normal Angst zu haben. Für uns ist es eine Freude euch in Unwissenheit zulassen. Aber" Rick machte eine Pause. „BDSM, SM und auch Spanking haben nichts mit Gewalt zu tun, sondern mit Lust für beide. Jemand der seine Frau oder Partnerin vorsätzlich schlägt, übt Gewalt an ihr aus und dass nur zu seinem Vergnügen. Wir tun nur das, was ihr braucht auch wenn es Schmerz bereitet." Marie schwirrte der Kopf, nickte aber und meinte dann: „Ich werde daran denken. Danke Tony, Lukas, Rick." Sie lächelte, stand auf und verließ in Gedanken versunken den „kleinen Saal". Oh ja. Marie musste nun erstmal nachdenken und das tat sie auch. Sie holte ihren Motorradhelm und Schlüssel, legte Mike einen Zettel hin, dass sie nachdenken musste und verließ den Hof vom **Seidenfeuer**. „Ich hoffe wir haben Marie nicht verschreckt!", meinte Rick, doch grinste er bis über beide Ohren. „Warum hast du ihr nicht erzählt, dass wir Hannah gefunden haben?", wollte nun Lukas wissen und Tony antwortete: „Weil ich es für richtig erachte es noch nicht zu tun. Hannah braucht Ruhe und Marie ist nun ja, nicht unbedingt die Ruhe selbst." Lukas nickte zustimmend. Marie war ein Wirbelwind, der auch mit der Tür samt Rahmen ins Haus fällt. „Trotzdem muss sie es bald erfahren." Ermahnte ihn Rick und Tony lächelte. „Ja ich weiß. Aber nun sollten wir uns an den Schreibkram machen Lukas. Rick wir sehen dich heute Abend." Rick sah auf die Uhr meinte sarkastisch: „Der Abend beginnt ja schon in zwei Stunden." Tony sah ebenfalls auf die Uhr und seufzte. Dann verließen beide den „kleinen Saal" und ließen Rick in Gedanken versunken zurück. Irgendwann kam Mike dazu. „Hallo Rick." Rick sah ihn grinsend an. „Ihr wart erfolgreich!" Mike streckte sich ausgiebig und meinte: „Ja wie man es nimmt. Der Boss hat einen sauberen Abgang gemacht." Rick nickte und die beiden unterhielten sich. „Wie läuft es mit dir und Marie?" Mike schaute Rick verlegen an. „Ich gebe zu, dass ich noch nicht die geringste Ahnung habe, wie es läuft." Mike kratzte sich den Kopf. „Marie ist für mich eine wunderbare Frau, aber ich glaube sie weiß noch nicht so Recht was sie will. Ich will sie zu nichts zwingen." Rick verstand Mike und hoffte, dass er mit Marie Glück hat. „Wie ist es bei dir und Maybrit?", fragte Mike, da er es ja noch nicht wusste, dass die beiden nicht mehr zusammen waren. „Es hat einfach nicht geklappt mit uns. Ich habe zu viel verlangt und sie damit vergrault oder überfordert." Seufzte Rick und Mike legte ihm die Hand auf die Schulter. „Rick mach dir keine Sorgen. Ich glaube, dass du noch die Richtige findest. Und solange werden bestimmt Shiva und Julia mit dir spielen." Rick nickte und meinte lachend: „Ich denke schon länger darüber nach, mit Shiva und auch Julia zu spielen, doch bei Shiva ist es nicht ganz so leicht." Mike sah ihn an. „Ich weiß was du meinst Rick. Shiva ist noch sehr schüchtern, was ihre Neigung angeht." Zustimmend nickte Rick und schenkte noch Kaffee ein. Mike dachte derweilen nach, wie es mit ihm und Marie weitergehen soll.

Inzwischen war Marie bei ihrer Wohnung angelangt, nachdem sie eine Stunde ziellos herumgefahren war. Sie stellte ihr Motorrad auf ihren gemieteten Parkplatz ab und schlenderte zu ihrer Wohnung. Die Tür war notdürftig wieder eingehängt worden, nachdem die Polizei hereingestürmt war. Als Marie die Tür hinter sich anlehnte, weil diese beschädigt war, hörte sie ein Geräusch. Instinktiv umklammerte Marie den Helm fester am Visier und sprang in die Stube. „Wer sind Sie!?", fauchte Marie. Die Frau fuhr erschrocken herum und schrie: „Himmel! Sind Sie verrückt geworden?" Nun erkannte Marie die Frau. Es war die Schwester von ihrem Vermieter. „Frau Maler. Was machen Sie hier? Und wie sind Sie hier hereingekommen?!"" Frau Maler räusperte sich und meinte dann verlegen: „Die Polizei hat mich informiert, dass mein Bruder

Mark im Krankenhaus liegt und auch festgenommen ist. Ich weiß auch warum mein Bruder verhaftete wurde und möchte mich dafür bei Ihnen, Frau Mai, entschuldigen. Ich habe nicht geahnt, dass mein Bruder zu so etwas in der Lage ist. Ich kann verstehen, wenn Sie gedenken auszuziehen." Marie hatte auf jeden Fall vor auszuziehen, nur konnte die auf die Schnelle nichts finden. „Nun ja. Wirklich hierbleiben will ich nicht mehr, was nichts mit Ihnen zu tun hat Frau Maler, aber der Hausmeister…." Marie kam nicht dazu den Satz zu beenden, denn Frau Maler sagte: „Um den habe ich mich schon gekümmert. Er steckte ebenfalls mit der Bikergang unter einer Decke. Ich habe ihn reden hören und rief die Polizei. Er ist in Untersuchungshaft. Aber wenn Sie eine andere Wohnung finden, können Sie kündigen ohne Kündigungsfrist. Das ist das Mindeste was ich für Sie tun kann Frau Mai." Irgendwie blickte Marie sie skeptisch an und das bemerkte auch Frau Maler. „Hier Frau Mai. Ich habe es Ihnen auch schriftlich ausgedruckt mit meiner Unterschrift." Marie nahm das Stück Papier entgegen und las es sich durch. Frau Maler hatte Recht. „Okay. Ich bedanke mich bei Ihnen Frau Maler." Frau Maler lächelte Marie an und verabschiedete sich. Marie seufzte und setzte sich mit schmerzverzogenem Gesicht auf das Sofa. „Und wo soll ich hin?", fragte sich Marie und grübelte vor sich hin. Irgendwann, Marie hatte nicht mehr auf die Zeit geachtet, klopfte es an der Tür. Sie schaute auf und fragte laut: „Wer ist da!?"
„Ich bin es Tony!" Kam es zurück und Marie stand auf. Etwas erstaunt sah sie ihn an, als sie aufmachte. „Was machst du hier?", fragte Marie neugierig und Tony grinste sie an. „Dich abholen. Mike wartet auf dich." Nun musste Marie lächeln, aber sah dann auch schwermütig zu Boden. „Ich verstehe deine Bedenken Marie. Hier wird nichts passieren. Ich habe ein Vorhängeschloss besorgt, damit wir vorrübergehend die Wohnung verriegeln können." Sagte Tony und Marie war gerührt, dass er sich kümmerte. „Ich werde mich nach einer neuen Bleibe umsehen. Das hat mir Frau Maler gegeben. Sie ist die Schwester von meinem ehemaligen

Vermieter." Tony nahm das Schriftstück entgegen und las es sich durch. „Das ist auf jeden Fall sehr zuvorkommend von ihr. Na los. Einige Zeit kannst du mit bei uns in dem **Seidenfeuer** wohnen." Marie nickte, holte ihren Helm und zog dann die Tür hinter sich ran. Mit einem Ruck von Tony, war die Tür zu und er schraubte das Vorhängeschloss an und gab ihr dann den Schlüssel dazu. „Tony?", fragte Marie und sah etwas traurig aus. „Was ist Marie Liebes?" Marie suchte nach Worten. „Hast du Hannah gefunden? Ich mache mir große Sorgen. Ich werde langsam irre nicht zu wissen, ob es ihr gut geht." Tony sah ihr in die Augen, ließ sich aber nichts anmerken, dass sie Hannah schon gestern gefunden hatten. „Marie Liebes. Wir haben noch nicht alle verhört, aber ich bin mir sicher, dass einer aus der Gang weiß wo Hannah ist. Wenn ich es herausgefunden habe, sage ich dir sofort Bescheid. Okay?!" Sagte Tony bestimmend und Marie musste sich damit abfinden. „Okay Tony. Danke." Marie sah zu Boden. Tony tat Marie leid, aber es war erst einmal das Beste für Hannah. Er nahm Marie in den Arm und hielt sie einfach nur beschützend fest. Sie drückte ihr Gesicht in sein Hemd. Am liebsten würde er es ihr sagen, aber musste nun auch an Hannah denken, die ihre Ruhe brauchte nach den ganzen Strapazen. „Nun komm Liebes. Mike wartet schon auf dich." Marie verkrampfte sich. „Was ist los?", fragte Tony und schob sie ein kleines Stück von sich, um ihr in die Augen zu sehen. „Ich habe Angst, dass ich Mike nicht gerecht werde. Dass ich ihm nicht das geben kann was er braucht." Tony konnte sie verstehen. „Liebes. Versuche es einfach und probiere es aus, ob es dir liegt. Es wird dich niemand zu irgendetwas zwingen. Du brauchst keine Angst zu haben. Wir passen alle auf, dass dir und euch beiden nichts passiert." Marie sah Tony in die Augen und nickte dann. Sie schob sich weg von Tony, straffte die Schultern und sagte nicht ganz so selbstbewusst: „Ja ich versuche es." Tony lächelte und legte einen Arm um sie. Zusammen verließen sie das Wohnhaus. „Fahre vorsichtig und achtsam Marie, nicht das ich dich noch festnehmen muss, weil du zu schnell warst." Marie lief rot und meinte hastig: „Nein bloß nicht. Ich fahre ganz artig." Tony grinste und sagte: „Dann auf geht's!" Und schon setzte Marie den Helm auf und schwang sich auf ihre Maschine. Tony stieg in seinen Volvo V60 Geländewagen und grinste vor sich hin. Er schrieb eine WhatsApp an Mike, mit der bitte es mit Marie langsam angehen zu lassen. Mike schrieb auch schon fast sofort zurück. „Das werde ich. Sie ist meine Traumfrau." Tony grinste und dachte an Julia, die gleich von der Arbeit kommen musste. So machten sich beide auf den Weg. Marie fuhr langsam vor und Tony setzte genauso achtsam nach.

Kapitel 12

Mike hatte nach der WhatsApp von Tony die Initiative ergriffen und das Zimmer, indem er wohnte, liebevoll hergerichtet. Er wollte Marie für sich gewinnen. Ungefähr fünfzehn Minuten später, fuhren Marie und auch Tony auf den Hof. Shiva war noch nicht da, aber da sie ja noch Vertretung machte, war es auch nicht ganz so schlimm. Mike trat aus dem Zimmer Eins und sah Marie so liebevoll an, dass es ihr die Tränen in die Augen trieb. Noch bevor Marie etwas sagen konnte, nachdem sie den Helm abgenommen hatte, hatte Mike ihr den Finger auf den Mund gelegt. Tony stieg aus seinem Volvo V60 aus und grinste Mike an. Dann verschwand Tony in seine Wohnung. Mike begab sich mit Marie ins Zimmer Eins und zusammen saßen sie am kleinen Tisch im Wohnbereich. Einige Worte mussten gesprochen werden, in beiderseitigen Interesse. Die beiden unterhielten sich in Ruhe darüber, vor allem über die Geschmäcker. Sie wollten vermeiden, dass es zu Missverständnissen kommt. „Ich habe Angst davor Mike. Es war befreiend, was du getan hast, aber ich weiß nicht, ob es mir liegt und ob ich dir geben kann was du brauchst." Mike dachte nach und sah Marie dabei an. „Ich verstehe deine Bedenken Marie Darling. Ich habe auch darüber nachgedacht und ich würde mich freuen, wenn du zusammen mit mir herausfindest, ob es was für dich ist. Die Szene ist vielseitig." Marie schwieg und schien in sich gekehrt zu sein, bis sie dann langsam nickte. „Ich möchte es versuchen. Doch ich möchte nicht unter Druck gesetzt werden. Ich muss mich mit dem Thema auseinandersetzen. Daher möchte ich gerne mit Shiva und auch Julia sprechen, wie sie die Lage finden und was zu beachten ist." Sagte Marie und Mike bekam strahlende Augen. „Aber natürlich Darling. Es wird dir einiges erklärt werden. Ich freue mich, dass du es mit mir versuchen möchtest und ich werde mit dir nach jeder Session sprechen. Das gehört dazu." Sie nickte und dann schmiegte sie sich an Mike. Er gab ihr einen leidenschaftlichen Kuss und zusammen kuschelten sie auf dem kleinen Sofa. Einfach nur Kuscheln, Schmusen und Nachdenken. Einige Zeit später, Marie döste genau wie Mike vor sich hin, hörten sie ein Auto auf den Hof des **Seidenfeuers** fahren. „Das könnte Shiva sein." Meinte Marie, stand auf und schaute aus dem Fenster in den Hof. Ja es war Shiva. Sie stieg aus ihrem Skoda und streckte sich. Sie sah müde aus und schlenderte zu ihrer Wohnung. Lukas war auch zurück von der Wache, genau wie Tony. Marie war sich unsicher, ob sie schon jetzt fragen sollte oder lieber warten. Sie entschied sich zu warten und dies sagte sie auch Mike. Er nickte ihr lächelnd zu und begab sich ins Badezimmer. Immerhin wollte er nicht noch den Rest des Abends in Boxershorts und T-Shirt herumlaufen. Kurz darauf hörte Marie das Wasser laufen und schlich sich ebenfalls ins Badezimmer. Sie schaute Mike durch die Glastür der Duschkabine zu. Mike stand mit dem Rücken zu ihr. Er war gut gebaut, hatte einen richtig sexy und knackigen Hintern und diese Muskeln erst. Marie schmolz dahin. „Zieh dich aus und komm in die Dusche Darling!", befahl Mike und Marie lief rot an. Woher wusste er, dass sie im Bad war? Sie zog sich aus. Mike hatte sich umgedreht und beobachtete sie dabei, während das Wasser über seinen Körper lief. Dieser Anblick, der muskulöse Mike in der Dusche, machte Marie an. Mehr noch. Sie hatte das Gefühl vor Geilheit auszulaufen. Mike öffnete die Dusche und reichte ihr die Hand. Marie nahm an und stand dann mit ihm unter dem warmen Wasser. Es vergingen einige Sekunden, die Marie so vorkamen als wären es Minuten oder gar Stunden. „Du bist doch ein sehr ungezogenes Mädchen." Seine Stimme raspelte über ihre Sinne. Spülte ihre Angst fort und hinterließ ein Kribbeln im Bauch. Mike nahm sie in den Arm, wanderte langsam ihren Rücken hinunter bis zu ihrem Po, der leicht bläulich schimmerte von seiner Behandlung vom Vortag. Marie gab ein quiekendes Geräusch von sich und wand sich. „Halte still!", befahl Mike mit dunkler Stimme und sie verharrte, obwohl es ihr Schmerzen bereitete, weil er ihren Po genussvoll knetete. Ungewollt entfuhr Marie ein Stöhnen. Sie wollte es schlimm finden, es nicht mögen, aber sie hatte verloren. Ihr Körper machte sich selbstständig. Widersetzte sich ihrem Willen und signalisierte, dass sie bereit war. Mike nahm Duschgel und begann Marie einzuseifen und die Schultern zu massieren. Sie genoss es liebkost zu werden und doch verspürte sie Angst. Er schien es zu merken, denn er sagte leise: „Habe keine Angst. Es ist schön. Dreh dich bitte um." Marie gehorcht und stand nun mit dem Rücken zu ihm. Ganz sanft begann Mike wieder ihre Schultern zu massieren, weitete die Bewegungen aus, indem er über ihre Arme strich und zu ihrem kleinen Busen wanderte. Für ihn waren sie genau richtig. Er mochte große Brüste, aber die von Marie waren einfach niedlich, weich und ihre Brustwarzen stellten sich sofort auf, als er ihren Busen erreicht hatte. Marie stöhnte und lehnt sich gegen Mike. Leicht küsste Mike ihr den Hals und wanderte dabei mit einer Hand hinunter über ihren Bauch. Mit der anderen Hand zupfte er abwechselnd sanft die Nippel, die förmlich nach mehr schrien. „Eine kleine Raupe Nimmersatt." Lachte Mike und erreichte Maries Venushügel. Kurz verkrampfte sie und Mike umkreiste ihre Lustperle. Sie entspannte sich und ließ ihn gewähren. Er teilte ihre Schamlippen und rieb seinen Finger dazwischen. Marie stöhnte ungehalten, merkte noch nicht einmal, dass Mike das Wasser abgestellt hatte. Sie stand förmlich unter Strom. Mike griff nach einem Handtuch, schlag es um sie, hob sie küssend hoch und marschierte ins Schlafzimmer. Er legte Marie noch immer küssend auf das Bett und wanderte küssend ihren Bauch entlang. Marie bog den Rücken durch, kurz vor einem Orgasmus, doch als Mike zwischen ihren Beinen ankam, stoppte Marie ihn. „Bitte!" Es klang ängstlich und er sah sie liebevoll an. „Soll ich aufhören?", fragte Mike und lächelte warm. „Ich weiß es nicht. Ich habe Angst." Flüsterte Marie. Er küsste sie auf den Mund. So voller Gefühl und Leidenschaft, dass Marie ihre Angst vergaß. Ganz langsam schob Mike einen Finger in sie hinein, dann den zweiten, um sie vorzubereiten und dann, als sie wohlig stöhnte schob er sein pralles Glied in Marie und Marie stöhnte lustvoll auf. „Ahhhh!" Seufzte sie und schlang ihre Arme um Mike, streichelte ihm den Rücken, fuhr ihm über die kurzen braunen Haare und stöhnte lauter. Behutsam bewegte sich Mike leise stöhnend und Marie küssend. Immer weiter stiegen sie auf, bis es nur noch einen Sprung brauchte, um wieder auf der Erde zu landen. „Oh Gott Mike!", rief Marie und klammerte sich an ihm fest, während er noch zweimal zuckte. Mike sah ihr liebevoll in die Augen und sagte: „Es ist für mich eine große Ehre der erste gewesen zu sein." Marie wurde rot und kuschelte sich an seinen Hals. „Woher wusstest du es?" Obwohl sie die Antwort erahnen konnte. „Du hast es signalisiert mit deiner Angst und deinem flehenden Blick. Wie war es für dich Darling?" Marie ging in sich und meinte nachdenklich: „Es war intensiv, gefühlvoll und wunderschön. Ich habe immer geglaubt es bereitet sehr viele Schmerzen." Mike sah sie an. „Schmerzen sollte es nicht bereiten. Es tut weh, wenn man gezwungen wird." Erklärte Mike und legte sich neben Marie, nahm sie in den Arm und zog die Decke über Marie und sich selbst. Marie und Mike kuschelten noch eine ganze Weile, bis Mike leise sagte: „Sprich morgen mit Shiva. Jetzt ist es zu spät." Marie sah auf die Uhr und nickte dann. Kurz darauf schliefen beide zufrieden kuschelnd ein.

Am nächsten Morgen, war Shiva bereits im „kleinen Saal", um sich um das Frühstück zu kümmern. Zuvor hatte sie einmal gefegt, Tische abgewischt und die Spielmöbel gesäubert und desinfiziert. Auf die Tische hatte sie Frühstücksteller, Besteck und Tassen hingestellt. Sie hatte alles liebevoll hergerichtet und machte gerade die Frühstücksplatten fertig. Eine mit Käse, eine mit Wurstaufschnitt und eine mit etwas Fisch, wie Matjesstückchen, Räucherlachs, Bismarkhering und geräucherte Forellenstückchen. Sie war in Gedanken versunken, als Lukas in die Küche trat und sich mit einem leisen Geräusch bemerkbar machte. Er liebte es zwar Shiva zu erschrecken, aber er hatte bemerkt, dass sie sich von ihm zurückzog. So als wolle sie nicht mehr. Shiva drehte sich zu Lukas um. „Guten Morgen Schatz." Sie lächelte ihn an. Es konnte also nicht an ihm liegen, dass sie sich zurückzog, aber was es dann? Was belastete Shiva? Er wollte es herausfinden und lächelte zurück. „Hast du gut geschlafen Liebes? Du siehst müde aus." Shiva schnaufte grinsend und meinte: „Wohl besser als du. Du hast Augenränder, die es ins Guinnessbuch schaffen würden." Shiva hielt ihm ein unbenutztes Tablett vor die Nase, in dem Lukas sich sehen konnte. „Du hast Recht." Lachte er und gab ihr einen leidenschaftlichen Kuss den Shiva erwiderte. Ein Glück es war also nicht seine Schuld. „Was bedrückt dich Liebes?", fragte Lukas und sah sie dabei liebevoll an. Shiva dachte kurz nach und meinte dann: „Ich werde es dir nachher sagen, aber zuerst muss ich noch einen Termin wahrnehmen. Ist das okay für dich?" Lukas sah sie an und nickte dann. „Okay Liebes." War sie vielleicht schwanger und wollte erst Gewissheit haben? Wenn es so wäre, wäre es großartig. Er wünschte sich zumindest ein Kind mit Shiva. Nur hatte Lukas noch nicht den Mut gefunden mit ihr darüber zu reden. „Willst du weiter grübeln, oder hilfst du mir die Tabletts in den Saal zu tragen?" Lukas sah sie verwirrt an und dann auf die drei Tabletts, die auf der Anrichte standen. „Oh, sicher helfe ich dir." Lukas schnappte sich zwei Tabletts und verließ die Küche. Grinsend sah Shiva ihm nach, nahm das letzte Tablett und betrat den „kleinen Saal", um die Leckereien auf den Serviertisch zu stellen. Wie auf ein Signal, betraten Mike, Marie, Tony, Julia und Rick den „kleinen Saal". „Guten Morgen!" Begrüßte Shiva die Meute und sah kurz verwirrt aus, da Rick alleine war. Lukas bemerkte es und reichte ihr den Umschlag von Maybrit. Shiva öffnete ihn und las sich den Brief durch.

„Liebe Shiva. Ich möchte mich ganz herzlich bei dir bedanken für deine Gastfreundschaft und ich hoffe, ich konnte dir ein bisschen unter die Arme greifen. Ich habe sehr lange darüber nachgedacht, was du mir über die Szene erzählt hast und ich es auch probieren konnte, aber ich bin nicht der Typ, der sich dominieren lässt. Ich komme damit einfach nicht klar, mich jemanden komplett unterzuordnen wie im Mittelalter. Ich weiß es klingt doof, aber das ist meine Meinung. Ich respektiere eure Leidenschaft, nur ich kann diese einfach nicht teilen. Ich hoffe du kannst mich verstehen. Ich bin einfach der Vanilla Typ und führe gerne mein eigenes Leben, wo ich die Kontrolle habe. Ich weiß, das klingt egoistisch, aber es würde einfach nicht gut gehen. Ich mag Rick viel zu sehr, als dass ich ihm eine Scharade vorspielen möchte. Ich werde aber dich noch persönlich aufsuchen, wenn ich alles in den Griff bekommen habe, was schiefgelaufen ist. Ich danke dir Shiva und wünsche dir viel Erfolg weiterhin und lieben Gruß an die Anderen. Liebe Grüße Maybrit Jansen"

Shiva hörte nicht das Stimmengewirr und musste sich erstmal setzen. Lukas setzte sich neben sie, hielt ihre Hand sagte: „Es ist besser so Shiva. Es kam zum Streit mit den Beiden und sie hat für sich die richtige Entscheidung getroffen. Es tut mir leid, dass ich dir den Umschlag erst jetzt gebe, aber ich war gestern einfach zu müde und habe es vergessen." Shiva sah Lukas an und gab ihn einen Kuss auf die Nase. „Macht nichts Schatz. Es kann passieren. Ich bin nur froh, dass es vorbei ist." Lukas nickte und wollte gerade etwas sagen, als Julia rief: „Hey ihr beiden! Kommt zu uns frühstücken!" Lukas stand auf, nahm Shiva bei der Hand und sie gesellten sich zu den Anderen. „Shiva kann ich mit dir später sprechen?" fragte Marie leise, um die Anderen in ihren Gesprächen nicht zu stören. Shiva kaute auf und meinte dann: „Natürlich. Ich habe aber um 10 Uhr einen Termin. Vielleicht danach, wenn ich zurück bin?" Marie nickte fröhlich und antwortete: „Danke Shiva. Ich komme dann zu dir rüber."
„Ja mach das." Shiva lächelte sie an und zusammen genossen sie das Frühstück. Irgendwann, es waren fast alle fertig sagte Tony: „Shiva wir müssen uns noch unterhalten, wegen den

Vorkommnissen." Shiva seufzte und meinte etwas forsch, was nicht beabsichtigt war: „Ich kann mich nicht zweiteilen. Habe erst einen Termin, dann spreche ich mit Marie und dann können wir uns unterhalten!" Sie wurde überrascht angesehen und Shiva war es unangenehm. „Entschuldige Tony." Mit diesen Worten stand sie auf, verließ den Saal in Richtung Küche und brachte ihr Geschirr weg. „Etwas bedrückt sie." Meinte Tony, denn auch ihm war es aufgefallen, dass Shiva anders war wie sonst. Sie war sonst fröhlich und neckisch. Jetzt war sie traurig und gereizt. Kurz darauf verabschiedete sich Shiva und verschwand. Sie kämmte sich schnell die Haare noch mal durch, holte ihre Autoschlüssel und fuhr dann mit ihrem Skoda nach Flensburg zum Arbeitsamt.

Nach kurzem Warten wurde sie dann in das Büro von Herrn Selk gebeten. „Guten Morgen Frau Hansen. Bitte setzen Sie sich." Freundlich lächelnd zeigte Herr Selk auf den Stuhl und Shiva antwortete: „Guten Morgen. Vielen Dank." Herr Selk tippte etwas in den Computer und sah dann Shiva direkt an. „So Frau Hansen. Was genau kann ich für Sie tun?", fragte Herr Selk und Shiva antwortete: „Nun…. Ich habe meine Kündigung erhalten und wollte wissen, ob mir Arbeitslosengeld zusteht."
„Warum sollte es Ihnen nicht zustehen? Immerhin haben Sie seit 10 Jahren eine Tätigkeit in Dänemark ausgeübt, wenn ich es richtig sehe." Sagte Herr Selk und schaute noch einmal in die Unterlagen auf seinem Computer. Dann stutzte er. „Ich führe eine kleine Pension. Daher frage ich."
„Ich sehe gerade den Eintrag hier Frau Hansen. Das ist natürlich etwas anderes. Ich werde mich eben schlau machen. Haben Sie bitte einen Augenblick Geduld." Bat Herr Selk und verließ das Büro. Shiva blieb allein im Büro zurück und kehrte in sich. Ungefähr fünfzehn Minuten später, kam Herr Selk zurück und setzte sich wieder auf seinen Platz. „Nun Frau Hansen, da Sie eine Pension führen und diese auch gut läuft, muss ich Sie leider enttäuschen. Ihnen steht kein Arbeitslosengeld zu. Wenn Sie jetzt

weniger hätten, weil die Pension nicht laufen würde, wäre es etwas anderes gewesen." Erklärte er Shiva, die es sich schon fast gedacht hatte, aber immerhin musste sie ja das Amt informieren und sie erhielt auch Auskunft. „Gut Herr Selk. Ich bedanke mich für Ihre Hilfe." Shiva reichte ihm die Hand, er schüttelte sie und sagte: „Für Sie und Ihre Pension weiterhin alles Gute." Er meinte es aufrichtig und Shiva verließ das Arbeitsamt. Draußen vor der Tür seufzte sie und schlenderte zu ihrem Skoda. Sie hatte eine Stunde im Arbeitsamt verbracht und fuhr nun zum **Seidenfeuer** zurück. Dort angekommen, begab sie sich in ihre und Lukas Wohnung. „Hallo Liebes!", wurde sie aus der Küche begrüßt und Lukas schaute kurz darauf aus der Küchentür. Shiva musste lächeln, weil er schief heraus sah. „Hallo Schatz." Lukas kam in den Flur und nahm sie instinktiv in den Arm. „Ist alles in Ordnung?", fragte Lukas besorgt und Shiva schmiegte sich an seine Brust. „Nun ja. Soweit schon. Ich habe meine Kündigung erhalten vorgestern." Also doch. Lukas fiel ein Stein vom Herzen, dass Shiva noch kein Kind erwartete. Er hätte sich gefreut, aber zuerst wollte er gründlich mit Shiva über das Thema Kind gesprochen haben. „Shiva Liebes. Das tut mir leid. Ehrlich. Ich weiß du glaubst mir nicht, da wir oft Streit wegen deinem Job hatten, aber ich weiß wie gerne du gearbeitet hast." Sie nickte nur und meinte dann: „Arbeitslosengeld bekomme ich allerdings nicht, weil die Pension gut läuft. Was auch gut so ist. Aber ich habe Bescheid gesagt und man hat mich aufgeklärt." „Das ist die Hauptsache. Komm in die Küche, ich habe Tee gemacht." Sagte Lukas und ließ Shiva los. Sie lächelte ihn an und nickte. „Wir schaffen es auch ohne deinen zusätzlichen Job. Vertrau mir. Und du hast Freunde, die helfen in der Not. Hast du eigentlich entschieden, ob Rick mit Teilhaber werden soll?" Shiva hatte sich schon lange vor dieser Frage gefürchtet und meinte dann: „Ich habe nachgedacht und ich denke das es eine gute Idee wäre. Da er sich mit dem ganzen Finanzamtmist auskennt, wäre es von Vorteil." Lukas stimmte ihr zu und freute sich über Shivas Entscheidung. Gerade als er etwas sagen wollte, klopfte jemand an die Haustür. „Das ist bestimmt Marie." Sagte Shiva nachdem sie ihre Tasse abgesetzt hatte. „Bleib sitzen. Ich mache auf." Und damit war Lukas im Flur verschwunden. „Marie! Komm rein. Shiva ist in der Küche. Komm mit." Hörte Shiva Lukas sagen und Marie antwortete: „Danke." Lukas betrat mit Marie die Küche. „Hallo Marie. Setze dich doch." Shiva lächelte sie an und bekam ein Lächeln zurück. Lukas stellte eine zweite Tasse auf den Tisch und schenkte Marie ebenfalls Erdbeertee ein. „Ich gehe zu Tony. Kommst du nachher ins Büro Liebes?" Shiva nickte und meinte: „Ja werde ich. Ich liebe dich." Lukas sah sie an und meinte: „Ich liebe dich auch." Dann verschwand Lukas und ließ die beiden Frauen alleine. Erwartungsvoll sah Marie Shiva an. „Du hast Fragen." Grinste Shiva und Marie nickte. Doch wo sollte sie nur anfangen? „Lass dir Zeit Marie. Ich erzähle dir was du wissen möchtest, aber du sollst dich nicht gezwungen fühlen." Shiva hatte Verständnis für Marie und wusste ganz genau wie sich fühlte. „Wie ist es so? Ich meine Passiv zu sein? Wird man gezwungen?" Shiva sah sie an. „Also Marie. Es ist auf jeden Fall erotisch und aufregend sich seinem Partner hinzugeben. Und das passiv sein ist ein Teil von mir. Ich meine damit, dass man einfach mal die Kontrolle komplett abgibt, ohne Angst zu haben, dass es schiefgeht. Und nein man wird nicht gezwungen. Du allein entscheidest, wie weit du dich vorwagen willst. Wir haben alle in der Szene Safeworte, die wir als Sub vertrauensvoll einsetzen und nicht missbrauchen. Gelb zum Beispiel steht für eine Pause oder halt das man seine Grenze erstmal erreicht hat. Der Top, Master oder Dom hält sich daran. Rot bedeutet Abbruch der Session und erfordert ein intensives Gespräch. Das heißt wir dürfen uns nicht versperren, wenn das Safewort Rot gefallen ist. Es wird ausdiskutiert, um sicherzugehen, dass es nicht noch einmal passiert. Sollte sich mal Dom, Master, Top nicht daran halten, erfährt er Konsequenzen. Es ist so gut wie in jeder Lokation so." Marie sah nachdenklich aus. „Und was macht man sonst so? Außer mit Wachs spielen und den Hintern versohlt kriegen?" Marie kratzte sich verlegen am Kopf.

„Es muss dir nicht unangenehm sein, diese Fragen zu stellen Marie. Es ist ganz normal, dass man Fragen hat. Die Szene umfasst viel. Es gibt die Hardcore -Variante, dass bedeutet eine Sub, männlich oder weiblich liebt es hart. Ich nenne einfach mal ein Beispiel." Shiva überlegte kurz und lächelte dann, weil ihr etwas eingefallen war. „Nadeln." Marie sah sie sparsam an. „Jemand lässt sich damit stechen und sie bleiben in der Haut, wie bei Akupunktur. Sie werde wirklich überall hin gestochen." Marie entwich die Farbe aus dem Gesicht. „Du meinst auch in dem Intimbereich?" Shiva nickte. „Wenn jemand es mag, ja. Da gibt es viele Möglichkeiten und es war nur ein Beispiel. Dann gibt es die Mittelharte und Soft -Variante. Zu den beiden gehören Julia und ich. Wir mögen es sehr einen Arschvoll zu kriegen, der die Tränen freilässt, aber genießen die Zuwendung die folgt. Zum Beispiel nimmt Lukas mal eine Nippelklemme, die er dann an der Brustwarze befestigt."

„Tut das nicht weh?", fragte Marie entsetzt, doch Shiva lächelte sie an. „Es kommt auf die Klemmen an. Es gibt welche, die tun richtig weh, aber es gibt auch welche, die Verstellschrauben haben. Ich zeig dir eine. Warte kurz." Shiva stand auf und verließ die Küche, doch kurz darauf kam sie mit einer Nippelklemme zurück. Fasziniert schaute sich Marie das Spielzeug an. „Gib mir mal deinen Arm." Bat Shiva und Marie streckte ihn ihr hin. Shiva kniff leicht etwas Haut zusammen und klemmte die Klemme daran. „Es tut gar nicht weh!", meinte Marie erstaunt und fing dann an zu lächeln. „Aber es ist doch im ersten Moment unangenehm. Das gebe ich zu." Fuhr sie fort und schüttelte ihren Arm kurz. Marie runzelte die Stirn. Sie konnte keinen starken oder überhaupt einen Schmerz feststellen. „Du musst nicht danach suchen Marie. Es wird nur so sehr weh tun, wie du es willst." Shiva lächelte sie dabei warm an und sagte dann nach einiger Überlegung: „Du darfst gerne mal zusehen." Marie merkte ihr an, dass es ihr schwerfiel, aber Shiva wusste genau, wenn man es nicht selbst sieht, war es schwer abzuschalten. „Bist du dir sicher Shiva? Du scheinst sehr schüchtern zu sein, was das anbelangt." Bemerkte Marie und wollte nicht, dass Shiva sich ihretwegen unwohl fühlte. „Ja ich bin mir sicher. Sonst weißt du nicht wie es sein kann und werden wird. Ja ich gebe zu das es mir schwer fällt, aber wenn ich soweit bin, weiß ich, dass es auch Lukas glücklich macht. Ich brauche nun mal eine Anlaufzeit bis ich abschalten kann." Marie nickte langsam und sah sie dann lächelnd an. „Wenn du Bereit bist, sage uns Bescheid. Ich möchte gerne sehen, wie du dich dabei fühlst." Shiva nickte ihr lächelnd zu und sie tranken den Tee. Sie ahnten nicht das Lukas gelauscht hatte und nun grinsend zum Büro ging. In Gegenteil. Shiva und Marie führten einfach weiter ein Frauengespräch und man sah es Marie an, dass es ihr guttat und auch half darüber zu reden. „Hast du etwas gehört, was meine Schwester angeht?" Shiva reagierte sofort und meinte: „Nein leider noch nicht. Aber Lukas und Tony werden sie finden. Die Leute die verhaftet worden sind, werden gerade verhört." Marie nickte und man sah Tränen in ihren Augen. Es tat Shiva leid, sie anlügen zu müssen, aber Tony wollte es so, da Hannah Ruhe brauchte. „Okay. Danke Shiva. Und Danke für das klärende Gespräch." Sagte Marie und verabschiedete sich von Shiva mit einer Umarmung. Kurz darauf begab sich Shiva ins Büro, welches beide Wohnungen verband und sah Lukas mit Tony sprechen. „Shiva, Kleines!" Tony strahlte sie an, was sie etwas skeptisch dreinschauen ließ. „Warum freust du dich so Tony?" Shiva kratzte sich am Kopf und Lukas grinste sie an. „Weil du langsam soweit bist, dich mehr zu zeigen. Und sagen wir es mal so, du hast keinen Grund dich zu verstecken." Antwortete Tony. Shiva sah Lukas böse an. „Tut mir leid Liebes. Ich konnte einfach nicht wiederstehen euch zu belauschen." Lukas sah verlegen aus, aber Shiva brummte: „Ja sicher. Ist eine Berufskrankheit Herr Schneider." Tony lachte und Lukas knüllte ein Stück Papier zusammen und warf es seinem besten Freund an den Kopf. „Hey!", protestierte er lachend, stand vom Bürostuhl auf und Shiva nahm Platz. Es klopfte an der Tür aus Julias und Tonys Wohnung.

„Herein!", rief Shiva und war erstaunt, dass es Rick war. „Hallo Shiva Darling. Mike kommt auch gleich dazu." Wieso hatte Shiva das Gefühl ein Huhn im Rudel Wölfe zu sein? Ach ja, weil sie alleine war. „Also die Lage ist so. Irgendjemand schleicht hier ständig herum." Lukas und Tony wussten es ja bereits. „Wir vermuten das es dein Ex- Freund sein könnte. Dieser Marec…." Tony suchte nach dem Nachnamen. „Kattner." Sagte Shiva und Tony nickte. „Ich vermute es auch, aber solange wir die Person nicht erwischen, können wir ihm nichts nachweisen." Sagte Shiva und alle Anwesenden nickten. Mike klopfte an die Tür und trat dann ein. „Hallo Mike." Begrüßte Shiva ihn und er hob die Hand zum Gruß. Nach längerer Diskussion, die zu keinem Ergebnis kam, beschlossen sie in den „kleinen Saal" zu gehen und Shiva bei den Mittagsvorbereitungen zu helfen. Shiva war erstaunt darüber, dass neben Tony und Lukas auch Rick und Mike ihr zur Hand gingen. „Sag mal Liebes, wann dürfte ich mal mit dir spielen?", fragte Mike und überrumpelte Shiva damit. Shiva sah irgendwie erschüttert aus, was Lukas und auch Tony ein Grinsen entlockte. „Ich würde sagen Mike mein Freund, wenn Shiva dazu bereit ist, sich komplett hinzugeben." Sagte Rick lächelnd und zwinkerte ihr zu. Shiva wurde rot wie eine Tomate, aber so musste sie nicht antworten. Lukas ging zu Shiva und umarmte sie. „Du musst keine Angst haben Kleines. Und vor allem, musst du dich nicht schämen. Du hast eine tolle Figur." Lukas küsste Shiva, um sie daran zu hindern irgendetwas Dummes zu antworten. Er wusste ganz genau, dass sie nicht seiner Meinung war. Warum haben Frauen immer ein Problem mit sich selbst? Männer waren so einfach, aber Frauen hatten immer etwas an sich auszusetzen, egal wie hübsch und attraktiv sie waren. Mike, Rick und Tony grinsten. Shiva sagte nichts, sondern wandte sich wieder den Kartoffeln zu. Tony schnippelte Brokkoli und Lukas schnitt Möhren in Würfel. Mike und Rick nahmen das Hühnchenfleisch auseinander. Shiva setzte dann die Kartoffeln auf und das Hühnchenfleich wurde in der Pfanne angebraten. Brokkoli wurde nur kurz gekocht. Nach 20

Minuten, als die Kartoffeln von dem Messer rutschten, kam alles zusammen in eine große Auflaufform. Schnell noch eine Soße dazu und dann kam noch Käse drüber. Es duftete nach bereits 15 Minuten köstlich. Die Männer halfen Shiva sogar alles Aufzuräumen und Abzuwaschen. „Danke für eure Hilfe." Shiva lächelte und die vier Männer grinsten vor sich hin. Shiva beschloss nicht weiter nachzuhaken warum sie es taten. Nach dem Mittagessen begab sich Shiva zu ihrem Auto und fuhr zur Arbeit.

Kapitel 13

Bald hatte Shiva es geschafft. Nur noch drei Tage durchhalten, dann musste sie nicht mehr nach Dänemark fahren zum Arbeiten. Sie war dennoch traurig, weil es ihr Spaß gemacht hatte und weil sie besonders gut mit ihren Chefs klargekommen war. Gewissenhaft machte sie alles sauber, schaute noch einmal nach dem Rechten und dann verschloss sie die Tür. Im Gang um nach draußen zu kommen, hing ein kleiner Kasten an der Wand. Der Alarmkasten. Shiva tippte die Nummer ein, dann gab es ein lautes Piepen von sich und Shiva ging zügig zur Tür raus und schloss ab. Das Geräusch verstummte und der Alarm war nun aktiviert.

Der Tag war geschafft.

Der zweite verging schnell und der dritte zog sich in die Länge fand Shiva. Sie war in der Sozialstation und machte sauber. Etwas bedrückt sah sie aus, doch sobald sie irgendjemanden begegnete, zeigte sie es nicht. Sie überspielte alles und dann war auch schon die letzte Stunde vorbei. Shiva stieg in ihr Auto und fuhr ein letztes Mal zu ihren Chefs nach Hause, um die Schlüssel abzugeben. Sie klopfte an die Tür und wartete kurz. „Hallo Shiva." Begrüßte Lara sie lächelnd und Shiva antwortete: „Hallo Lara. Hier sind eure Schlüssel." Lara nickte und bat Shiva noch kurz hinein. „Hallo Shiva. Setze dich bitte." Sagte Karl freundlich lächelnd und Shiva nahm am Tisch Platz. „Danke Karl." Antwortete Shiva auf Dänisch und warte, was die beiden noch zu sagen hatten. „Wir möchten uns bei dir bedanken, dass du immer hilfsbereit und auch flexibel warst." Karl stand auf und verschwand kurz im Büro. Er kam mit einem Karton zurück, der nach Käse duftete und überreichte ihn Shiva. „Diese Käsespezialitäten sind für dich. Wir würden dich gerne anrufen, wenn wir Hilfe brauchen, wenn es in Ordnung ist." Shiva wusste ganz genau das es niemals dazu kommen würde, aber sie sagte: „Ja sicher, kein Problem." Karl und Lara lächelten sie an. „Sehr schön Shiva. Wir wünschen dir und deiner Pension alles Gute und viel Erfolg." Damit stand dann Shiva auf und sie wurde von Lara und Karl zur Tür gebracht. „Auf Wiedersehen!" Verabschiedeten sich alle und damit war es endgültig zu Ende.

Shiva fuhr mit gemischten Gefühlen nach Hause. Sie war traurig, aber auch glücklich, weil sie nun Zeit hatte sich um das **Seidenfeuer** zu kümmern. „Es ist gut so, wie es jetzt gekommen ist." Sagte Shiva entschlossen zu sich selbst und fuhr gerade über die Grenze. „Ich sollte noch eine Kleinigkeit Einkaufen fahren." Meinte Shiva und fuhr zum Ocean Park, einem Einkaufscenter, der an der B 200 lag. Neben ein paar Süßigkeiten und Knabbereien, kaufte Shiva noch Aufschnitt, wie Mortadella, Hähnchenbrust, Corned Beef und Leberwurst. Käse brauchte sie nicht mehr, da sie gerade einen Käsekarton erhalten hatte. Nachdem Shiva alles im Wagen hatte und zur Kasse wollte, fiel ihr noch ein, dass sie Getränke brauchte. Hm. Wie sollte sie das noch machen? Ihr Wagen war voll. Shiva griff zum Handy und rief Lukas an. Dieser ging auch nach dem zweiten Mal Klingeln ran. „Lukas, ich brauche deine Hilfe. Wir brauchen noch Getränke." Sie lauschte kurz und sagte dann: „Bis gleich. Ich liebe dich." Shiva machte sich auf den Weg in die Getränkeabteilung von Genial. Dort wartete sie und schaute sich nach Angeboten um. Ungefähr fünfzehn Minuten später, marschierten Lukas und Rick durch den Eingang der Getränkeabteilung. „Hallo Shiva!" Rick begrüßte sie mit einer herzlichen Umarmung und Lukas gab ihr einen Kuss. Die beiden Männer hatten je einen Einkaufswagen mit und nun wurden diese auch gefüllt mit Cola, Fanta, Sprite, Wasser und Bierkisten. „Dann habe ich alles. Ab zur Kasse!" Shiva grinste bis über beide Ohren, was Rick und Lukas ebenfalls grinsen ließ. „Hast du etwas angestellt?", fragte Lukas und musterte seine Freundin. „Nein. Ich freue mich einfach, das ist alles." Rick legte eine Hand auf ihre Schulter und sagte: „Bist du dir sicher? Ich glaube, du versuchst etwas zu überspielen." Sie dachte kurz nach, nickte dann und sie standen dann an der Kasse an. „Naja ich bin halt auch traurig, dass ich gekündigt wurde, das ist alles." Es dauerte gar nicht so lange und Shiva packte alles auf das Band. Monotones Piepen und dann die Endsumme. Shiva bezahlte den Einkauf und schob dann den Einkaufswagen zur Seite, damit Lukas und Rick vorbeikonnten. Nun ging es zu den Fahrstühlen und dann in die Tiefgarage, wo Shiva und auch Lukas mit den ihren Autos standen. „Ich habe mir Tonys Wagen geliehen." Grinste Lukas und Rick begann die Getränkekisten in den Geländewagen zu schieben. Shiva packte den Rest in ihren kleinen Skoda und dann fuhren sie zum **Seidenfeuer** zurück.

Sie fuhren durch das Tor, stellten die Autos vor den „kleinen Saal" und fingen an, alles auszuräumen. Tony kam mit Mike und Marie hinzu und halfen dabei. Marie wirkte noch immer etwas unentschlossen, doch sie versuchte es zu überspielen. „Habe keine Angst Marie. Es ist nicht schlimm." Flüsterte Shiva ihr zu und bekam ein schüchternes Lächeln zurück. „Das ist leichter gesagt, als getan Shiva. Ich weiß noch nicht so recht, ob ich das alles wirklich will." Shiva konnte Marie verstehen. „Komm mit Marie. Ich möchte dir etwas zeigen." Shiva ging zu Lukas und flüsterte ihm etwas zu, worauf er nickte und Marie zulächelte. Dann nahm Shiva Marie bei der Hand und führte aus dem „kleinen Saal" zu ihrer Wohnung. Shiva ging schnurstracks auf ihr Büro zu und lehnte die Tür nur an. „Was machst du da?", fragte Marie verunsichert und Shiva schaute vom Laptop auf. „Siehe es dir an. Das ist eine Seite, auf der man sich austauschen kann. Ich habe dir gerade einen Gastzugang eingerichtet. Viel Spaß beim Stöbern und austauschen." Shiva lächelte Marie an und machte Platz, damit Marie an den Laptop konnte. „Danke Shiva." Marie lächelte sie an und wandte sich dem Laptop zu. Dann verließ Shiva das Büro, lehnte die Tür an und half dann wieder mit die Einkaufssachen zu verstauen. „Danke für eure Hilfe." Sagte Shiva lächelnd und schob die Einkaufskiste erstmal in eine Ecke des Lagerraumes. „Immer wieder gerne." Grinsten die Männer und Rick näherte sich. „Hast du es dir überlegt?", fragte Rick erwartungsvoll und Shiva nickte. „Ja das habe ich. Ich nehme dein Angebot dich als Teilhaber dabei zu haben an." Ricks Augen leuchteten und er umarmte kurzerhand Shiva, die das Gefühl hatte von ihm zerdrückt zu werden. „Gute Entscheidung Honey." Sagte Lukas lächelnd und Shiva dachte: „So hat er mich schon lange nicht mehr genannt." Innerlich freute sich Shiva über ihr Kosewort, aber dies hatte Lukas wirklich schon Ewigkeiten nicht mehr in den Mund genommen. „Ist alles in Ordnung?", fragte Lukas, weil Shiva ihn irgendwie merkwürdig, aber auch verliebt ansah. „Du hast mich schon lange nicht mehr so genannt." Entgegnete Shiva und bekam eine leichte Röte im Gesicht. Lukas musste überlegen, bis ihm auffiel, dass sie Recht hatte. Er nahm sie in den Arm und küsste sie liebevoll.

Marie saß vor dem Laptop und las gerade eine Geschichte, die eine Person namens „middi" hochgeladen hatte. Sie fand die Geschichte toll geschrieben und bemerkte dieses verräterische Ziehen und Kribbeln im Bauch. Kaum, dass sie die erste Geschichte verschlungen hatte, las sie die zweite und auch die dritte Geschichte von „middi". Irgendwann, Marie hatte nicht auf die Uhr gesehen, schaute Marie einfach mal auf „middis" Profil. Nichts Besonderes war zu lesen. Wie in jedem Profil, stand auch bei ihr, wie alt sie war und was ihre Hobbys waren. Marie schaute oben in die Forum-Leiste und fand den Button mit „Chat" und klickte darauf. Es waren nicht viele Leute anwesend, aber die Leute, die da waren, begrüßten sie gleich freundlich und so schrieb sie mit ihnen. Kurz darauf bekam sie von zwei Leuten private Nachrichten. Das Gespräch fing harmlos an. „Wie geht es dir?" und „Was machst du so?" bis leider die Frage kam „Sollen wir uns mal treffen? Ich würde dich gerne mal weichklopfen." Marie kräuselte die Nase und schnaufte, schrieb, dass sie kein Interesse an Treffen hätte und doch der Typ ließ nicht locker. „Du willst es doch auch. Zier dich nicht so." Marie war genervt und rollte mit den Augen und meinte zu sich selbst: „Wieder so ein Idiot, der ein Nein nicht akzeptiert." Sie entschloss sich ihn zu ignorieren. Dann betrat jemand neues den Chat Raum und Marie sah erstaunt auf. „middi" hatte den Raum betreten und wurde, wie auch Marie zuvor, von allen begrüßt. Auch Marie begrüßte sie und wurde kurzerhand von „middi" zum Privat-Chat eingeladen.

„Hallo, du bist neu hier." Schrieb „middi" und Marie antwortete: „Ja das ist richtig. Wollte mich ein bisschen schlau machen." Kurz darauf schrieb „middi": „Hast du bestimmte Fragen?" Marie überlegte kurz und schrieb dann: „Nun ja. Es ist alles neu und aufregend, aber ich bin mir unsicher ob ich es möchte. Den Mann, den ich kennen gelernt habe, hat mich schon versohlt und es war gut, aber ich weiß nicht so recht." Diese „middi" schien sie zu verstehen. „Das war bei mir so ähnlich wie bei dir. Als ich meinen Mann kennenlernte, tat er es so gekonnt, dass er mich aus meinem Wohlfühlbereich beförderte und ich doch nicht genug davon bekommen konnte. Ich hatte ebenfalls diesen Zwiespalt und glaube mir, ich habe es probiert und bin dabeigeblieben. Nur leider ist mein Mann vor einiger Zeit verstorben und seither habe ich nicht mehr gespielt oder besser gesagt jemanden herangelassen." Marie war erschüttert. So war manchmal das Leben. Hart und grausam. Sie schrieben sich noch eine Weile, bis Marie meinte: „Im **Seidenfeuer** finden auch Stammtische und auch ein paar Motoparts statt. Es ist eigentlich Domizil Klub, aber zurzeit wohne ich dort. Es liegt in Wanderup." Kurz darauf kam „middis" Antwort: „Das ist ja gar nicht so weit von Flensburg."

„Ach du kommst aus Flensburg?" Marie freute sich. „Ja ich komme aus Flensburg. Hatte gerade eine schwere Zeit und ich muss erst mal alles wieder in den Griff bekommen. Hat das **Seidenfeuer** eine Internetseite?" Marie schaute eben auf den Prospekt und schrieb dann: „Ja, das haben sie." Marie schrieb sie ihr und dann kam noch eine Antwort: „Danke dir. Ich muss nun los noch etwas erledigen. Wir sehen uns vielleicht mal wieder hier?" Marie dachte kurz nach und schrieb: „Ja sehr gerne." Dann kam nur noch ein „CU" zurück und Marie war nun doch etwas gelassener. Sie sollte vielleicht doch einfach sich öffnen und es wagen, die Kontrolle abzugeben. Nachdem „middi" den Chat verlassen hatte, loggte sich auch Marie aus. Sie stand auf und verließ das Büro. Gewissenhaft zog sie die Wohnungstür zu und begab sich zu dem Zimmer, dass Maik bewohnte. „Na Darling. Hast du gefunden, was du gesucht hast?" Maik saß lässig auf dem Sofa und Marie setzte sich zu ihm. „Ja ich denke schon." Sagte Marie und kuschelte sich dann an ihn. Am Abend, Shiva hatte ein paar Kleinigkeiten zubereitet, wie Schnittchen belegt mit Wurst, Käse und Lachs, Salzstangen, Chips, Erdnussflips und Gemüsesticks, wie Paprika, Gurke, Kohlrabi und Zuckerschoten mit ein paar Dips. Es war 19 Uhr und Julia würde auch gleich von der Arbeit nach Hause kommen. Sie wollte Julia überraschen, da sie Geburtstag hatte. Tony und Lukas schmückten die Tische mit Luftschlangen und Konfetti, sehr zum Ärger von Shiva. „Musste es unbedingt Konfetti sein? Und ich darf es dann wieder saubermachen." Grummelte sie und bekam ein fettes Grinsen der Beiden zurück. Seufzend ließ sie die Manner weiter dekorieren. Mike war mit Marie noch unterwegs, um ein kleines Geschenk zu besorgen. Und Rick? Rick hatte es sich in den Kopf gesetzt Shivas Steuererklärung zu begutachten und ging ihren Bürokram durch. Shiva deckte den Tisch. Sie hatte zwei Tische zusammengeschoben, damit alle daran Platz hatten. Als Shiva aus dem Fenster sah, kam gerade Julia auf den Hof gefahren. „Sie ist da!", rief Shiva und alle versammelten sich. „Ich hole Rick." Sagte Shiva und verschwand. „Hallo Süße. Na wie war dein Tag?", fragte Shiva Julia, die etwas geplättet aussah. „Oh ganz gut. Nur ein paar Probleme mit Ladendieben, aber sonst." Shiva schaute sie sparsam an. „Ladendiebe? Bist du nun in der Klamottenabteilung oder so?" Julia lachte. „Nein. Es gibt tatsächlich Leute die Salate klauen." Shiva zuckte mit den Achseln und meinte: „Okay, wenn sie meinen sie müssen Salate klauen. Mach dich frisch Julia, ich möchte dann noch etwas mit dir bereden." Julia nickte und ging dann in ihre Wohnung um zu duschen. Shiva begab sich ins Büro und sah kurz zu, wie Rick grübelnd über einem Aktenordner saß. „Kommst du rüber? Julia macht sich gerade frisch." Rick zuckte zusammen. „Wie lange stehst du denn schon da?" Rick hatte sie nicht kommen hören. „Nur eine Minute höchstens." Shiva lächelte ihn an und er stand ebenfalls lächelnd auf. „Du hast die Buchhaltung wirklich gut gemacht." Lobte er Shiva und Shiva sagte verlegen: „Danke, aber ich bin froh das du das demnächst machst." Rick wuschelte ihr durch die Haare und Shiva hasste es. „Lass das!" Rick grinste und gab ihr einen ordentlichen Klaps, als sie vorausging. Shiva sprang förmlich nach vorne und drehte sich zu Rick um. Dieser grinste nur breit und wedelte mit der Hand. Shiva wurde rot und räusperte sich. Dann betraten beide den „kleinen Saal", der inzwischen vor Luftschlagen und Konfetti sprühte. „Oh mein Gott! Das mache ich nicht alleine sauber!" Sagte Shiva und Tony grinste sie an. „Nein wir helfen dir natürlich. Immerhin haben wir es auch vorbereitet." Meinte Lukas und gab Shiva einen Kuss. Nun hieß es warten bis Julia fertig war. Mike kam mit Marie zurück und sie verschwanden in ihrem Zimmer. Kurz darauf kamen sie in den „kleinen Saal" und legten das Geschenk auf den Tisch, wo auch schon andere Geschenke lagen. Tony zog den Strafbock in die Mitte. Bei den meisten BDSMlern, SMlern und Spankern war es üblich, ein Geburtstagsspanking zu machen. Julia wurde 34 und diese Anzahl sollte sie auch bekommen, allerdings von jedem der anwesend war. Arme Julia. Shiva sah aus dem Fenster und als sie Julia aus ihrer Wohnung kommen sah, eilte sie ihr sogleich entgegen. „Was wolltest du denn bereden?", fragte Julia neugierig, aber man merkte ihr ein bisschen die Erschöpfung vom Tag an. „Komm mit, ich zeig es dir." Shiva grinste sie an. Zusammen betraten sie den „kleinen Saal" und es wurde laut gerufen: „Alles Liebe zum Geburtstag!" Julia sah erst verwirrt aus, aber dann freute sie sich. „Ich hatte gedacht, dass ihr es vergessen habt, da niemand heute etwas gesagt hatte." Tony trat zu ihr und gab ihr einen Kuss. „Wir vergessen nichts Darling. Shiva hatte allerdings Mühe nichts vorher zu sagen." Shiva wurde rot nach Tonys Bemerkung und sagte dann: „Ja ich gebe es zu. Es war echt schwer nichts zu sagen." Julia lächelte und dann fragte Tony grinsend: „Bist du bereit die Geburtstagshiebe zu empfangen?" Julia sah erst Tony und dann den Strafbock an. „Ähm nein?!" Tony grinste noch breiter. „Da kommst du nicht drum herum. Komm Darling." Julia folgte nur zögerlich. Tony sah sie liebevoll an und seufzend legte sie sich über den Bock. Allerdings verzichtete er darauf sie zu fixieren und zog ihr nur die Hose runter, sodass der String ihre prallen Backen teilte. „Shiva, du beginnst." Shiva sah ihn verdattert an. „Wieso ich?", wollte sie wissen und Tony meinte grinsend: „Ich habe mir gedacht, dass alle Anwesenden Julia die Geburtstagshiebe verpassen und du beginnst Shiva." Julia sah Tony mit einem Gesicht an, das sagte: „Ich hasse dich abgrundtief." Doch das störte Tony keineswegs. Im Gegenteil. Ihn turnte es ungemein an, wenn jemand anderes Hand an seine Julia legte. Shiva seufzte und begann dann Julia mit Abständen etwas auf ihren Stringhintern zu geben. Julia zählte mit. Marie hingegen, fühlte sich irgendwie überfordert, konnte aber nicht den Blick von der Situation abwenden. „Vierunddreißig!", sagte Julia laut und auf ihren Backen zeichnete sich eine zarte Röte ab. Tony starrte Marie an und diese musste schlucken. Trat dann aber zögerlich heran und machte es Shiva nach. „Du kannst ruhig etwas fester zuhauen. Julia verträgt so einiges." Sagte Tony grinsend und Marie schlug nur zögerlich fester zu. Julias Po rötete sich nun mehr und sie gab hin und wieder zischende Geräusche von sich, welche Marie etwas zögerlicher werden ließ. „Vierunddreißig!" Marie war heilfroh es endlich hinter sich zu haben, aber es hatte sie doch gereizt, dass gestand sie sich ein. Mike hatte die Ehre. Dann kamen Rick und Lukas. Nach deren Behandlung leuchtete ihr entzückendes Hinterteil in einem kräftigen Rot, doch Julia weinte nicht. Sie wollte, doch irgendwie war da eine Sperre, die sie nicht überwinden konnte. Tony bemerkte es als erster und flüsterte: „Nachher reden wir!" Julia nickte und dann wurde ausgelassen gegessen und Julia ließ sich von der fröhlichen Stimmung anstecken. Alle lachten, freuten sich, dass die Überraschung gelungen war und sie spielten sogar Partyspiele. Eines durfte nicht fehlen. Topfschlagen. Erst wurde Shiva skeptisch angesehen, aber als Shiva dann erklärte das es besondere Preise gab, ließen sich alle darauf ein. Julia begann. Krabbelnd suchte sie mit dem Kochlöffel den Boden ab und fand den Topf. Sofort nahm sie die Augenbinde ab und schaute unter den Topf. Ein Zettel mit der Nummer 1 darauf. „Du findest Nummer eins auf dem Tisch dort." Shiva zeigte lächelnd neben den Geschenketisch, wo jeweils 6 nummerierte Geschenke lagen. Julia stand auf und holte sich Nummer eins. Nun wurde weiter gespielt bis jeder, außer Shiva, die alles besorgt hatte, ein Geschenk vor sich liegen hatten. „Ich hatte schon lange nicht mehr so einen Spaß zum Geburtstag!" sagte Julia und dann durften sie die nummerierten Geschenke auspacken. Julia und Marie hatten jeweils ein Federstiel und einen kleinen Vibrator bekommen. Julia fiel Shiva um den Hals und Marie sah etwas skeptisch drein. „Was ist los Marie?", fragte Shiva und sah nun etwas gekränkt aus. „Oh nichts Shiva. Es ist toll." Doch irgendwie glaubte es niemand. „Nun ja ich habe sowas noch nie benutzt. Wenn ich mich, nun ja, befriedigt habe, dann nur oberflächlich." Marie wurde rot wie eine Tomate und Mike sagte: „Das macht doch nichts Darling. Ich freue mich es mit dir zusammen zu probieren." Marie sah ihn nun lächelnd an und nickte dann. Tony, Lukas, Mike und Rick hatten je einen kleinen Flogger und einen Plug bekommen. Shiva grinste verschmitzt. Lukas wusste das es für sie schwierig war, aber er war stolz auf sie, dass sie nun bereit war den etwas größeren Plug, in lila auszuprobieren. Alle waren guter Laune und genossen die Atmosphäre. Irgendwann zog Julia Tony zur Seite und flüsterte ihm etwas zu. Er nickte und wandte sich Lukas zu. „Wir ziehen uns zurück. Julia möchte nicht öffentlich spielen heute." Lukas nickte ihm zu und wünschte ihnen einen schönen Abend. Shiva winkte zum Abschied und Marie ebenfalls. Dann unterhielten sich die beiden Frauen noch, bis Lukas zu ihnen trat.

Shiva konnte sich nicht erklären wie es dazu gekommen war. Erst hatte sie noch mit Marie gesprochen und dann war Lukas so frech gewesen und war mit der Hand unter ihr T-Shirt geglitten. Seine Hände waren so flink gewesen, als er ihre Nippel zwischen seine Finger nahm und sie zu zupfen begann. Shiva entwich ein leises Zischen und Marie hatte die Farbe einer überreifen Tomate angenommen. Sie wusste nicht was sie lieber wollte. Weglaufen oder doch Zusehen? Mike trat hinter sie, während er weiterhin gebannt Lukas zusah. Shiva hatte die Augen geschlossen, genoss sichtlich die Zuwendung, die Lukas ihr schenkte. Beruhigend massierte Mike Marie die Schultern. Rick saß am Tisch und beobachtete sehnsüchtig das Treiben. Marie entspannte sich mehr unter Mikes Massage und sah fasziniert zu. Shiva stöhnte auf, als Lukas in ihre Leggings schlüpfte und anfing sie zu stimulieren. Er schaute zu Rick und Rick kam näher heran. „In der ersten Schublade ist die lila Augenbinde." Flüsterte Lukas ihm zu und Rick holte sie ihm. Lukas nahm Shiva die Sicht. Sie hasste und liebte es. Nur auf die Ohren verlassen, sich ihrem Partner hinzugeben und das Wissen, dass sie auf ihre Weise attraktiv war, machte sie geil. Es war ruhig im „kleinen Saal" und nur das leise Keuchen, Stöhnen und die qualvollen Laute von Shiva war zu hören. „Bitte!", flehte sie Lukas an, weil er ihr hart in die Nippel kniff. „Ahhh!", keuchte sie, da er die Nippel losließ und ihr T-Shirt auszog. Der BH wurde flugs geöffnet und abgestreift. Kurz darauf fand der BH, wie das T-Shirt, den Weg zum Boden. Lukas umfasste ihre Handgelenke und hielt sie ihr hinter dem Rücken fest. „Oh Gott!", stöhnte Shiva, denn sie wusste, dass alle auf ihre großen Brüste und Nippel starrten. Mike grinste, da er bemerkte, wie Marie langsam nervös hin und her rutschte unter seiner Massage. „Macht es dich an?" Mikes Stimme war nur ein Hauch und Marie sagte leise: „Ja irgendwie schon." Lukas nickte Rick zu und dieser verstand ihn auf Anhieb. Rick beugte sich vor, legte seine Hand zart auf Shivas Wange und Shiva schmiegte sich in sie. Dann gab Rick ihr einen Kuss auf die Stirn und strich ganz langsam von der Wange hinunter, am Hals entlang und entlockte Shiva eine Gänsehaut. Rick erreichte ihre Brüste und umschloss sie. Lukas hielt Shiva weiterhin unbeweglich und Rick fing an Shivas Nippel zu zwirbeln. Sie stöhnte auf. „Ohhh!" Ricks Augen begannen zu Strahlen und er machte weiter. Er senkte seinen Mund und begann abwechselnd an Shivas Nippeln zu saugen, zu knabbern und zu lutschen. Ein merkwürdiges Geräusch entfuhr Shiva, was sie erröten ließ. Mike fuhr mit seiner rechten Hand in Maries Top und sie genoss es, seine Hand auf ihrer Brust zu spüren. Weiter sah sie fasziniert zu, was Rick mit Shiva machte und ihr fiel auf, dass Lukas wohl kein Problem damit hatte, wenn ein anderer Mann Shiva verwöhnte und auch quälte. Ein qualvolles Zischen fuhr Marie direkt zwischen die Beine und ließ sie feucht werden. Rick hatte Shiva etwas fester in die Nippel gebissen und leckte nun den Schmerz fort. Lukas hatte Shiva losgelassen und diese Chance nutzte sie auch gleich. Sie fuhr Rick durch die kurzen braunen Haare. Lukas hingegen holte Hand- und Fußfesseln und befestigte erstmal nur die Handfesseln an ihren Gelenken. Rick stoppte mit seiner süßen Qual und ließ Shiva aufwimmern. „Steh auf Honey!" befahl Lukas mit lustvoll belegter Stimme und sie gehorchte automatisch. Er und Rick führten sie zur Spielkommode, hoben sie hoch und legten sie mit dem Rücken darauf. „Strecke deine Arme über den Kopf Honey." Shiva gehorchte. Sie liebte es, sich Lukas hinzugeben und sie konnte schon fast den stolzen Gesichtsausdruck durch die Augenbinde sehen. Er hackte die Karabiner ein und er streichelte ihren Bauch. Wanderte dann zu ihren Brüsten, um sich ihrer anzunehmen. Shiva stöhnte. Rick öffnete ihre Hose. „Hmmm!" Rick fasste an den Hosenbund samt Panty die sie trug und zog alles unendlich langsam herunter. „Ohhh!" Shiva bog den Rücken durch. Lukas saugte und lutschte an ihren Nippeln und Rick streichelte nun ihre Beine entlang. Leicht verkrampfte sich Shiva. „Du machst mich unendlich stolz Honey." Sagte Lukas und küsste Shiva leidenschaftlich, während Rick sie einfach nur streichelte. Sie wollte mehr und das wusste Lukas, denn ihre Küsse wurden fordernd. Er nickt Rick kurz zu und küsste Shiva erneut. Nun wanderte Rick küssend und streichelnd Shivas Beine entlang, bis zu ihrer Mitte, aus der ein angenehmer Duft kam. In Shiva sträubte sich einiges, aber dieses Mal ließ sie den Zwiespalt einfach nicht zu. Rick verharrte kurz vor ihrer Öffnung, pustete gegen ihre Lustperle und strich sanft mit dem Finger darüber. Shiva stöhnte auf, als Rick begann sie zu lecken. „Wie gut sie schmeckt!", dachte Rick und stimulierte sie weiter. Lukas massierte Shivas Brüste, neckte und zwirbelte erbarmungslos ihre Nippel. „Bitte, ich möchte kommen!", flehte Shiva und Lukas brummte erregt: „Dann darfst du kommen!" Kaum, dass er dies ausgesprochen hatte, durchfuhr sie starkes Zucken, gefolgt von einem Keuchen und einem langem „Jaaa". Rick hörte jedoch nicht auf. Nein er machte weiter mit seiner Zungenfolter und Lukas flüsterte: „Nimm ihn in den Mund Honey." Shiva drehte den Kopf zu ihm und er schob ihr seinen harten Schwanz vorsichtig in den Mund. Shiva saugte, leckte und lutschte an ihm, dass Lukas glaubte, er könnte nicht lange genug standhalten, aber beherrschte sich und genoss es. Rick und Lukas sahen sich grinsend an und Lukas reichte ihm ein Kondom. Dieser Einladung kam er nur zu gerne nach. Prompt war das Kondompapier aufgerissen und Rick ließ seine Hose hinuntergleiten. Sein prächtiger Schwanz stach einem schon fast ins Auge. Rick senkte sich noch einmal zwischen Shivas Schenkel und leckte sie fordernd und bestimmend. Von Shiva waren grunzende und gedämpfte Geräusche zu hören, weil sie es genoss. Dann schob Rick einen Finger in sie. „Hmaah!" Kam von ihr, was seinen Schwanz und den von Lukas noch kräftiger pochen ließ. Vorsichtig schob sich Rick in Shiva hinein. Sie keuchte und stöhnte gedämpft durch Lukas seinem

Schwanz im Mund und es machte sie noch mehr an. Rick nahm sie nun erst langsam dann schneller werdend. Lukas zog sich aus Shivas Mund zurück und Shiva rief ihre Lust in den Raum. Rick kam und küsste ihr den Bauch. „Danke Kleines!", sagte Rick, zog sich zurück und warf das Kondom in den Mülleimer. Lukas nahm Shiva die Augenbinde ab und sie sah ihn mit Tränen in den Augen, aber glücklich an. Sie öffnete ihre Beine wieder und Lukas sah sie liebevoll an und küsste sie. „Danke Honey." Lukas stellte sich zwischen ihre Beine und kaum das er seinen Schwanz an ihre Öffnung geführt hatte, schlang sie ruckartig die Beine um ihn und zog ihn an und in sich. „Das ohhh war ohhh ungezogen von dir!", keuchte Lukas und nahm Shiva, die ihn frech angrinste, mit harten Stößen. Es dauerte nicht lange, bis Lukas seinen Höhepunkt erreichte und sich in Shiva ergoss. Er küsste ihr den Bauch und zog sich zurück, um Shiva zu befreien. Sofort schlang sie ihre Arme um ihn und drückte ihn an sich. Eine paar Minuten vergingen so. Und als Shiva Lukas losließ, wickelte Rick sie in eine Wolldecke und sagte mit einem Handkuss: „Es war wunderbar Shiva!" Shiva lächelte Rick an und sah zu Marie und Mike. Alle drei lächelten, als sie bemerkten, dass Marie und Mike in ihr eigenes Spiel vertieft waren. Mit einem lauten Schrei, kam Marie und Mike keuchte irgendetwas Unverständliches. Liebevoll sahen sich die Beiden an und Mike half Marie vom Tisch herunter. Marie zog sich verlegen die Hose über und fragte: „Habt ihr einen Wischlappen?" Shiva lief mit ihrer Decke in die Küche und kam darauf mit einem Wischlappen und kleinem Eimer zurück. „Bitte entschuldige die kleine Sauerei." Sagte Mike und kratzte sich verlegen am Kopf. „Kein Problem ihr zwei. Das passiert und es darf passieren." Sagte Lukas und klopfte Mike auf die Schulter. Marie war erneut rot geworden und bedankte sich bei Shiva, dass sie daran teilhaben durfte. Ein erfolgreicher Abend.

Am nächsten Morgen wachte Shiva erholt auf und staunte nicht schlecht. Lukas hatte ein Tablett mit zwei belegten Toast, Weintrauben, Kabanossi und Tee auf einen Stuhl neben dem Bett gestellt. Shiva lächelte. „Guten Morgen Honey." Lukas betrat das Schlafzimmer geduscht und nur in ein Handtuch gewickelt. „Hmm guten Morgen!" Shiva biss sich auf die Unterlippe. Lukas grinste sie fesch an und setzte sich zu ihr auf die Bettkante. „Ich bin so unglaublich stolz auf dich Honey. Es war für mich ein großes Geschenk, dass du über deinen Schatten gesprungen bist und dich hast fallen lassen." Mit diesen Worten küsste er Shiva so unendlich liebevoll und Shiva erwiderte den Kuss mit roten Wangen. Es freute sie, dass sie Lukas damit eine Freude gemacht hatte. „Ich möchte aber, dass du mich nicht bedrängst. Ich brauche für solche Spiele eine gewisse Anlaufzeit um mich darauf einzulassen." Sagte Shiva leise und Lukas küsste ihr die Stirn. „Die wirst du bekommen Shiva. Ich weiß, dass ich manchmal rabiat war und ich werde mehr auf deine Körpersprache achten. Auch ein erfahrener Master wie ich, kann auch mal nachlässig werden. Auch wenn wir regelmäßig zu Seminaren gehen." Shiva schmiegte sich an Lukas und sagte frech: „Nicht jeder Master ist perfekt." Lukas lachte leise und meinte: „Nein, das ist wohl wahr." Dann frühstückte Shiva, während Lukas, sexy im Handtuch nun vor dem Schrank stand und so tat als hätte er nicht anzuziehen. Er kratzte sich am Kopf und warf theatralisch die Hände über den Kopf. „Ich habe nichts zum Anziehen!" Kurz darauf flog ihm ein Kopfkissen gegen den Hinterkopf und Shiva sagte: „Verarschst du mich gerade?" Lukas lachte auf, da Shiva sich versuchte aufzuplustern. „Nein, ich doch nicht." Dann rannte er aus dem Schlafzimmer. Shiva nur im String hinter ihm her. „Wenn ich dich erwische Herr Schneider, schneidere ich dir was auf deinen sexy Arsch!" rief Shiva hinter ihm her. Lukas lachte: „Das will ich sehen!" Oh das war gemein. Inzwischen waren die beiden auf dem Hof. Shiva hatte völlig vergessen, dass sie nur einen String anhatte, da sie auf Lukas fixiert war. Natürlich blieb es nicht unbeobachtet. Tony sah mit Julia aus dem Fenster, Mike stand mit Marie in der Zimmertür zum Hof und Rick kam gerade aus dem „kleinen Saal" und sahen dem Treiben zu. „Bleib endlich stehen du Bastard! Na warte!" Shiva war sauer und wurde nun von einem Pfiff von Tony, der auch mit Julia herausgekommen war, zum Halten gebracht. Shiva schaute an sich herunter. Verdammt! Lukas hatte es schon wieder gemacht. Shiva lief rot an. „Du siehst hinreißend aus!" sagte Rick grinsend und ging direkt auf Shiva zu. Er legte sanft die Hand auf ihre Wange und streichelte sie liebevoll. Shiva wurde noch dunkler im Gesicht. Sie hasste Lukas für diese peinliche Situation und merkte wie jemand ihr eine Decke um die Schultern legte. „Du miese kleine Ratte!" knurrte Shiva Lukas an, der sie frech angrinste. Dann ging er auf die Knie und fragte: „Möchtest du meine Frau werden?" Julia brach mit Marie in Tränen aus. Shiva sah Lukas verlegen an und ihr wurde auf einmal heiß und kalt zugleich. Rick hielt inzwischen die Decke an Ort und Stelle, da Shiva sie losgelassen hatte und drohte herunter zu rutschen. Noch immer sah Shiva Lukas an. „Möchtest du meine Frau werden Honey?" Erwartungsvoll sah Lukas Shiva an. „Ja du blöder, hinterhältiger Bastard!" Weinend vor Glück viel sie Lukas, der noch immer auf dem Boden kniete, um den Hals. Er küsste Shiva auf den Hals und stand dann mit ihr auf, nahm ihre rechte Hand und schob einen silbernen Ring der O darauf. Der Verlobungsring war einfach und schlicht und fast niemand, außer die Szenekenner würde die Bedeutung dieses Ringes kennen. Shiva sah den Ring an und sagte: „Er ist schön." Lukas küsste sie und die Anderen beglückwünschten sie beide. „Mir ist kalt." Sagte Shiva schließlich und Lukas bemerkte nun auch, dass er selbst fror. Ja der Herbst machte sich bemerkbar. Es war zwar noch warm tagsüber, aber bis um zehn Uhr war es doch noch sehr frisch. Lukas reichte Shiva die Hand und zusammen begaben sich die beiden zurück in ihre Wohnung, um zu duschen. Mike und Marie gingen in den „kleinen Saal", kochten eine Kanne Tee und bereiteten das Mittagessen von. Julia und Tony putzten den „kleinen Saal" und Rick fegte den Hofplatz. Ein paar Blätter waren schon herabgefallen. Ein Taxi fuhr auf den Hof und Rick sah auf. Eine blonde Frau stieg aus, bedankte sich beim Fahrer und dieser fuhr wieder davon. Rick musste zugeben, dass sie niedlich aussah. „Entschuldigung. Können Sie mir sagen, wo ich den Inhaber finden kann?", fragte die Frau und Rick lächelte sie an. „Natürlich. Sie klingeln dort an der Tür. Shiva wird dann gleich bei Ihnen sein." Sie grinste ihn an und bedankte sich. Die Frau atmete tief durch und betätigte den Klingelknopf. „Moment!", kam es von drinnen und kurz darauf öffnete Shiva die Tur. „Hallo und Willkommen im **Seidenfeuer**. Ich bin Shiva Hansen die Inhaberin. Kommen Sie herein." Die Frau war von so viel Freundlichkeit schon fast überwältigt. Ja sie hatte schon fast vergessen, dass es verschiedene Bereiche in der Szene gab und musste kurz nach den passenden Worten suchen. „Ähm....Vielen Dank Frau Hansen." Shiva brachte sie in die Küche. „Honey ich bin draußen und gehe Rick zur Hand!", rief Lukas vom Flur aus, da er bemerkt hatte, dass Shiva jemanden hereingebeten hatte. „Alles klar Schatz!", rief sie daher zurück und fragte dann: „Wie ist Ihr Name? Ich kann Sie ja schlecht die Unbekannte nennen." Die Frau lachte herzhaft auf und stellte sich vor: „Entschuldigung, wie unhöflich von mir. Ich bin Hannah Mai." Shiva versteckte ihre Reaktion und sagte: „Ich bevorzuge ein Du. Nur im gegenseitigen Einverständnis." Hannah nickte und so sprachen sie beider per Du miteinander. „Ich hatte mit einem netten Mädchen gechattet die sich „loveley" nannte und sie hatte mir erzählt, dass ein neuer Klub in der Nähe von Flensburg eröffnet hatte und das sie zurzeit hier wäre. Ich würde sie gerne mal kennen lernen." Shiva lächelte sie an und sagte: „Ja sie ist hier. Ich glaube sie wird sich freuen. Wie ist denn dein Nickname?"

„Ich bin „middi". Sie wird bestimmt wissen das ich mit ihr gechattet habe." Shiva lächelte und dachte: „Na das ist ja eine Überraschung." Hannah nahm noch einen Schluck Orangensaft und lächelte ebenfalls. „Ich zeige dir gerne das Areal und „loveley" werden wir dann auch finden." Sagte Shiva und Hannah antwortete: „Sehr schön." Während sie nach draußen gingen und Shiva ihr alles zeigte, sprachen sie noch darüber was es hier noch gab. „Ich mache einmal im Monat eine Art Subbie Treffen, damit wir uns austauschen können. Unsere Master natürlich auch und zwischendurch gibt es kleine Mottopartys." Erzählte Shiva und dann begaben sie sich in den „kleinen Saal", wo Mike sich zu ihnen umdrehte und zu grinsen begann. Verlegen sah ihn Hannah an. „Loveley! Hier ist Besuch für dich!", rief Shiva durch den Saal und man hörte aus der Küche: „Augenblick!" Dann kam sie durch die Tür und erstarrte. „Hannah?!" Ungläubig stand sie da. „Ja Marie. Du bist also „Loveley"." Marie stürmte auf ihre ältere Schwester zu und umarmte sie mit Tränen in den Augen. „Sag jetzt nicht, dass du „middi" bist." Hannah lachte auf und antwortete: „Doch ich bin „middi". In voller Lebensgröße." Die beiden Frauen lagen sich weinend in den Armen. Shiva gab Mike, Tony und Julia, die dazugekommen waren, ein Zeichen, dass sie sich zurückziehen sollten. Kurz darauf waren Marie und Hannah alleine im Saal und setzten sich an einen Tisch. „Aber….aber…aber." Mehr brachte Marie nicht heraus. Hannah lächelte verständnisvoll ihre kleinere Schwester an. „Ich bin genauso überrascht wie du Marie." Marie wusste nicht was sie genau sagen sollte, geschweige denn fragen wollte. Hannah begann zu erzählen, was sie in den letzten Wochen alles durchlebt und wie man sie gequält hatte. Marie hörte gebannt zu und verfluchte diesen Kai, den sie zum Glück nicht kennengelernt hatte. Sonst wäre sie wohl auch noch ein Opfer geworden. Hannah weinte und Marie tröstete sie, streichelte ihr den Rücken und sagte nach der Erzählung: „Du hast es geschafft Schwesterherz. Wir werden ab jetzt immer zusammenhalten." Hannah schniefte lächelnd: „Ja das werden wir. Ich muss nun erstmal meine Wohnung wieder aufsuchen und dort wohl einiges saubermachen." Marie nickte und erzählte, was ihr passiert war mit ihrem Vermieter und dass sie nun nach einer Wohnung schaute, damit sie aus der alten raus konnte. Die Schwester von ihrem Vermieter hatte ihr schriftlich versichert, dass sie gleich ausziehen konnte sobald sie etwas Neues hatte. „Wo du es gerade sagst. Ich habe vorhin auf dem Weg hierher ein Haus gesehen, welches zu vermieten ist, mit zwei Wohnungen. Ich habe ein Foto von dem Schild gemacht. Ach hier ist meine neue Handynummer." Hannah übergab Marie einen Zettel mit der neuen Handynummer und zeigte dann anschließend das Foto. Die Handynummer von dem Hausbesitzer war gut zu sehen und Marie sah Hannah mit strahlenden Augen an und meinte: „Wir könnten doch anrufen und fragen." Hannah lächelte sie an und nickte. „Weißt du was? Wir gehen da einfach mal vorbei und schauen es uns von der Straße aus an." Sagte Marie und Hannah meinte lachend: „Wenn du dir was in den Kopf gesetzt hast, bekommt das keiner mehr raus." Marie grinste bis über beide Ohren und dann verließen die beiden Frauen den „kleinen Saal". Mike stand mit Tony draußen. „Hallo Hannah. Willkommen im **Seidenfeuer**. Wie ich sehe habt ihr beiden euch schon gefunden." Tony grinste und Mike ebenfalls. „Was habt ihr beiden nun vor?" Mike war neugierig geworden und Marie meinte verlegen: „Nun ja, wir möchten spazieren gehen und uns ein Haus ansehen, welches mit zwei Wohnungen vermietet werden soll." Tony sah kurz zu Mike und sagte: „Ihr meint das Haus oben an der Straße? Das gehört Herrn Seifert. Wenn ihr Glück habt, ist er sogar gerade da." Hannah und Marie grinsten sich an und Mike sah etwas traurig aus. Er würde gerne mitgehen und es sich ansehen, aber er wusste, dass er wieder zurück nach England musste. Er hatte ja auch nur Urlaub gemacht, konnte jedoch nicht ahnen, dass er sich verlieben würde. „Dann sehen wir uns nachher." Marie küsste Mike auf den Mund und sah ihn verliebt an. Er selbst lächelte und nickte nur. Dann waren die beiden Frauen auch schon verschwunden. „Du möchtest hier bleiben mein Freund!", stellte Tony fest und Mike seufzte. „Mike! Was ist denn mit dir los? Du siehst unglücklich aus!" Kam Lukas dazu und Mike nickte, als er antwortete: „Das bin ich auch. Ich muss bald zurück nach England. Immerhin war ich eigentlich im Urlaub hier, als das alles passiert war." Lukas sah Tony an und Tony nickte ihm zu. „Und wenn du nach einer Versetzung fragst? Ich meine um das Deutsch-Englische

Verhältnis zu festigen?", meinte Lukas nachdenklich und Mike dachte nach. „Das könnte vielleicht etwas werden. Ich werde einfach mal anrufen und dann sehen wir weiter." Mit bester Laune verließ Mike Tony und Lukas und die beiden grinsten sich an. Marie und Hannah kamen nach zehn Minuten Fußmarsch an dem Haus an und Marie meinte: „Das sieht wirklich toll aus." Hannah nickte und sie gingen kurz auf und ab. „Guten Tag die Damen. Kann ich ihnen helfen?", wurden sie auf einmal angesprochen und Hannah antwortete freundlich: „Ja vielleicht. Wir suchen eine neue Wohnung." Der Mann stellte sich vor. „Hans Seifert. Für Sie beide zusammen oder je alleine?" Hm das war eine gute Frage. „Je eine Wohnung. Ich denke auf Dauer in der selben Wohnung würde nicht gutgehen." Sagte Marie und sah ihre Schwester entschuldigend an. „Marie ich bin stolz auf dich, dass es von dir kommt." Herr Seifert musste grinsen. „Wenn Sie schon mal hier sind, könnte ich Ihnen die Wohnungen zeigen." Hannah und Marie sagten gleichzeitig: „Ja sehr gerne." Kurz darauf führte Herr Seifert die beiden Frauen durch die Wohnungen. „Wie hoch ist die Miete?" fragte Hannah und Herr Seifert antwortete: „Da alles gerade renoviert worden ist, habe ich mir noch nicht viele Gedanken darübergemacht." Marie und Hannah sahen sich an. „Jede Wohnung möchte ich zu 550 Euro warm vergeben." Sagte dann Herr Seifert und Hannah meinte: „Das ist ja toll. Nur ich muss erst meine Wohnung kündigen und da habe ich drei Monate Frist einzuhalten." Herr Seifert nickte und sagte: „Das wäre jetzt nicht das Problem. Wenn Sie beide je eine Wohnung beziehen möchten, verlange ich eine Anzahlung von 250 Euro und das Schild wird entfernt." Marie schaute ihn an und nickte ihm dann zu. „Das klingt fair. Aber wir sollten es schriftlich festlegen."

„Natürlich können wir es gleich schriftlich festhalten. Kommen Sie mit zum Auto, dort habe ich einen Vordruck." Zusammen begaben sie sich hinter das Haus und unterschieben anschließend den Vordruck. „Vielen Dank Herr Seifert." Sagte Marie und Herr Seifert meinte lächelnd: „Keine Ursache. Sie können einziehen, wie Sie Zeit haben." Damit verabschiedete sich Herr Seifert von Marie und Hannah und entfernte das „Zu vermieten" Schild. Voller Freude begaben sich Marie und Hannah wieder zurück zum **Seidenfeuer** und Marie lief zu Mike, der gerade aus dem Zimmer kam. „Ich habe eine neue Wohnung. Großes Wohnzimmer, Schlafzimmer, Gäste-WC und Küche. Alles unten. Im

Obergeschoss sind zwei Zimmer und ein großes Badezimmer." Mike lächelte Marie an und sagte: „Das klingt sehr schön Darling." Damit wandte er sich ab und ließ Marie neben Hannah verdutzt zurück. „Oh er freut sich gar nicht." Marie war traurig. „Ach was Schwesterchen. Er freut sich für dich. Ich glaube ihn bedrückt etwas anderes. Von wo kommt Mike?" Marie wusste erst nicht was Hannah meinte, aber dann machte es Klick und sie verstand. „Aus England, so viel wie ich weiß." Hannah sah Marie an und Marie musste nun schmerzlich erkennen, dass Mike wieder dahin zurück musste. Marie kullerten Tränen über die Wangen, aber sie gab keinen Ton von sich. Hannah streichelte ihr den Rücken. „Tut mir leid Hannah, aber ich muss kurz weg." Hannah nickte und Marie stürmte in das Zimmer und kam kurz darauf mit ihrem Motorradhelm und Schlüssel wieder heraus. Dann schwang sie sich auf ihr Bike, fuhr aber gemächlich vom Hofplatz. Erst als sie auf der Landstraße war drehte sie auf. Das Geräusch war natürlich zu hören und Hannah schüttelte halb verärgert, halb verständnisvoll den Kopf. „War das Marie?", fragte Tony, der urplötzlich hinter Hannah aufgetaucht war und sie erschrak. „Ähm.. ja das war Marie. Sie ist traurig, dass Mike wohl zurück muss nach England."

„Tut mir leid Hannah. Ich wollte dich nicht erschrecken." Hannah winkte ab und sagte: „Schon okay Herr Keller." Er sah sie an, als wolle er über sie herfallen. „Tony bitte. Ich bin nicht im Dienst." Hannah wich etwas zurück, was Tony gleich bemerkte. „Hier wird dich niemand anfassen oder schlagen Hannah. Verstehst du? Wir geben und tun nur das, was euch Subbies gefällt und was ihr braucht und dich, liebe Hannah fassen, wir nicht an, es sei denn du willst es." Damit drehte sich Tony grinsend um und verschwand zu Julia. Hannah stand etwas verloren auf dem Hof und grübelte. Sollte sie hier genau richtig sein? Nur wie sollte sie jemals wieder spielen, ohne einen festen Partner? Sie schlenderte über den Hof und hörte Lachen und Gegacker. Sie folgte neugierig den Lauten und sah, wie Shiva und Rick sich mit Wasserpistolen nass spritzten. Der Tag ließ es zu, da es warm war aber bald würde auch das nicht mehr so sein. Hannah lächelte und sah ihnen zu. Kurz darauf schwelgte sie in Erinnerungen an Frank, ihren verstorbenen Mann, wie sie mit ihm draußen mit dem Schlauch hinter ihm her war.

Marie war an ihrer Wohnung angekommen und entfernte das

Vorhängeschloss. Drinnen sah sie sich um. Das kleine Wohnzimmer glich einem Schlachtfeld, nachdem Mark Dirksen zur Strecke gebracht worden war. Mit einem tiefen seufzen, holte sie aus dem Schlafzimmer die Umzugskartons, die sie seit dem Einzug vor vier Jahren auf dem Schrank gelagert hatte. Einige Zeit verging, als jemand an ihre halb offene Tür klopfte. „Ja herein!", rief Marie und räumte weiter ihre Habseligkeiten ein. „Hier steckst du Darling." Es war Mike und trat hinter Marie, die auf dem Boden kniete und ihre Sachen packte. „Hallo Mike. Was machst du hier?", fragte Marie, sah ihn jedoch nicht an, weil sie ihm nicht zeigen wollte, dass ihr der Abschied von ihm schwerfiel. Er umarmte sie von hinten und küsste ihr den Hals. „Nicht weinen Darling. Ich komme zurück zu dir." Sagte Mike und Marie meinte: „Das glaube ich nicht. Bestimmt lässt dich dein Arbeitgeber nicht gehen. Du bist einfach ein zu guter Bulle." Mike kniff ihr in den Po, sodass sie die Luft einzog. „Das Wort ist bis zum nächsten Wiedersehen aus deinem Wortschatz verschwunden Darling. Aber du hast Recht das ich gut auf meinem Gebiet bin. Ich werde dich anrufen." Dann half er ihr weiter die Sachen zu packen. Zumindest blieb ihr noch ein bisschen Zeit mit ihm und diese Zeit, auch wenn sie nur zusammen die Sachen einpackten, genoss sie. Stunden waren vergangen und es klopfte wieder an der Tür. „Ja herein!", rief Marie und zu ihrem Erstaunen, standen Julia, Shiva, Tony und Lukas nun bei ihr im Wohnzimmer. „Wir dachten, du könntest Hilfe gebrauchen beim Einpacken und wegbringen." Fing Julia an und Shiva sagte grinsend: „Es sei denn, du besitzt für dein Bike einen Anhänger für deine ganzen Kartons." Tony und Lukas grinsten ebenfalls und schnappten sich ein paar Kartons und trugen sie nach unten, wo die Autos der vier standen. Lukas stopfte zwei Kartons in seinen Smart und der war dann voll. Shiva trug einen Karton zu ihrem Auto und öffnete den Kofferraum vom Skoda, um dann noch die Rückbank umzuklappen, damit mehr hineinpasste. Tony stopfte seinen Geländewagen voll und die letzten drei Kartons fanden den Weg in Julias Polo. Sofa, zwei Tische und Stühle, Plasma Fernseher und Kleiderschrank wurden zusammen mit den drei Regalen auf den Anhänger geladen, den Tony sich von einem Kollegen geliehen hatte. „Danke für eure Hilfe. Nur wo soll ich die Sachen unterbringen? Ich bekomme erst übermorgen den Schlüssel für die neue Wohnung." Shiva sah sie an und sagte lächelnd: „Deine Sachen stellen wir erstmal bei mir unter. Im „kleinen Saal" haben wir

Platz und im Moment sind keine Gäste anwesend." Marie lächelte dankend und dann ging es zurück zum **Seidenfeuer**. Dort angekommen, wurde alles nach und nach in den „kleinen Saal" in eine Ecke gebracht. Hannah hatte ein leckeres Abendessen gezaubert. Sie hatte Kartoffelauflauf mit Speck gemacht und auch Brot mit Buffet-Aufschnitt, wie Lachs, Forelle, Salami, Käse und Schinken. Dann half sie die Kartons auszuladen und als alles geschafft war, setzten sie sich alle zusammen und genossen das Abendessen. Marie und Mike verabschiedeten sich dann von den Anderen, denn sie wollten noch die restliche Zeit zusammen genießen. Nach dem Abendessen half Hannah alles Abzuräumen und Abzuwaschen. „Schön, dass du geholfen hast Hannah. Wenn du möchtest, kannst du hier übernachten." Sagte Shiva und lächelte sie an. „Danke Shiva, aber ich möchte nach Hause. Ich habe noch einiges zu tun." Shiva nickte und meinte lächelnd: „Natürlich. Du darfst jeder Zeit herkommen und uns besuchen." Hannah grinste sie an und antwortete: „Ja das werde ich. Solange Marie noch hier ist komme ich auf jeden Fall vorbei." Mit einer Umarmung verabschiedete sie sich von allen und setzte sich in ein Taxi, welches sie vorbestellt hatte.

Die Tage vergingen und Marie war in die neue Wohnung eingezogen. Mit der Hilfe von ihren neuen Freunden, Hannah und Mike hatte sie ihre Wohnung innerhalb von drei Tagen komplett eingerichtet. „Ich muss gehen Darling." Mike klang bedrückt. Wie gerne würde er bei ihr bleiben, aber es ging nicht. „Versprich mir anzurufen, wenn du Zeit hast." Marie weinte stumme Tränen. „Ich verspreche es Darling. Sei artig." Grinste er sie an und Marie lachte kurz, weil sie wusste, dass es fehlschlagen würde. Mike küsste Marie noch einmal leidenschaftlich. Dann wandte er sich seinen Freunden zu. „Ich danke euch und vor allem dir Shiva, dass ich bei dir hausen durfte." Shiva bekam eine leichte Röte ins Gesicht. „Keine Ursache. Du bist jederzeit willkommen." Shiva grinste und dann wandte Mike sich an Tony, Lukas und Rick, da Julia auf der Arbeit war: „Passt gut auf mein Mädchen auf und grüßt mir Julia." Tony nickte und grinste. Lukas schlug in seine Hand ein und bedankte sich für die Unterstützung im Fall Bikergang und Rick knuffte ihm brüderlich auf die Schulter zum Abschied. Dann drehte Mike sich zu Hannah. „Hilf bitte Marie. Sie braucht einen neuen Job." Hannah lächelte ihn an und sagte: „Ja das werde ich. Habe vielen Dank für alles." Er nickte ihr zu und dann verschwand er. Wehmütig sah Marie Mike nach, als er mit seinem

Motorrad davonfuhr. Tony, Lukas und Rick verabschiedeten sich von Marie und luden sie zum Wochenende zum gemütlichen Beisammensitzen ein. Marie nickte unter Tränen und umarmte die Männer und auch Shiva. Nun war sie mit Hannah alleine und sie brach vollends in Tränen aus. Hannah nahm sie in den Arm und streichelte ihr den Rücken. „Scht es ist alles gut Marie." Tröstend hielt sie Marie. Nachdem sich Marie einigermaßen beruhigt hatte, gingen sie in Maries Wohnung und setzten sich auf das Sofa. „Sag mal, hat Rick eigentlich eine Freundin?", fragte Hannah neugierig und Marie wischte sich die Tränen weg. „Nein, ich glaube er ist Single." Hannah lächelte und sie beide tranken Kaffee.

Zeitfracht Medien GmbH
Ferdinand-Jühlke-Straße 7
99095 Erfurt, Deutschland
produktsicherheit@kolibri360.de